VTuberなんだが配信切り忘れたら伝説になってた9

七斗七 ill. 塩かずのこ

「ほーら還ちゃーん？　ママでちゅよー！」
「うわああああああぁぁぁんん初めてママが赤ちゃんらしく扱ってくれたあああああぁぁぁぁ――――!!!!!!!」

五期生

宮内《みやうち》匡《ただす》

「ごきげんよう皆の者。偉大なる宮内家の一人娘にしてアンチライブオン、宮内匡である」

お嬢様学校である才華女学院の生徒会長。生まれた宮内家の家名を大切にしている。クリーンなものを好み、それが故にライブオンを敵視している。

ダガー《だがー》

「やぁ、俺の名はダガー。記憶の旅人。過去から否定された者。世界の異端者。この星の忘れ物」

記憶喪失の少女。あてもなく彷徨っていたところをライブオンに保護され、そのままデビューとなった。微かに残っている記憶の欠片は、なにやら不穏だ。

チュリリ《ちゅりり》

「はい皆さん、おはようございます！　愛の授業担当教師のチュリリ先生です！」

ライブオンで教師を務めることになった派手な髪色の女性。実は宇宙人で本名ももっと長いが、チュリリ以外の部分は地球人では発音できない。担当科目は愛。

Contents

プロローグ　004
第一章　016
第二章　085
第三章　101
第四章　180
第五章　196
閑話　相馬有素のカステラ返答　238
閑話　苑風エーライのカステラ返答　243
閑話　ダガーのカステラ返答　250
第六章　256
??????　277
あとがき　279

四期生

相馬《そうま》有素《ありす》

「はっ！　相馬有素、ただいま参上したのであります！」

自己の解放をテーマにしたアイドルグループ、レジスタンスのメンバー。クールな風貌から男女両方から人気を集めるが、中身はポンコツの為、イメージ死守にメンバーが苦労している。

苑風《そのかぜ》エーライ《えーらい》

「やっほ～みんな～！　元気ですか～ですよ～！　エーライ動物園の苑風エーライですよ！」

あらゆる動物を網羅した一大テーマパーク、エーライ動物園の園長をしているエルフ。なぜか動物たちからは絶対服従レベルで敬意を集めているらしい。

山谷《やまたに》還《かえる》

「山を越え、谷を越え、そしてやがて還る場所。山谷還の配信へようこそ」

心優しき者が重い傷を負ってしまったとき、どこからか現れて癒しを授け、風と共に還っていく謎多くも神秘的な女性。

Live-ON

ライブオン

ばれし輝く少女たち

お知らせ | グッズ

ガイドライン | 所属タレント | 会社概要

VTuberなんだが配信切り忘れたら伝説になってた9

七斗 七

ファンタジア文庫

3423

口絵・本文イラスト　塩かずのこ

かわいいが過ぎる
¥50,000
かわいい かわいい かわいい かわいい かわいい かわいい かわいい
これには師匠もご満悦顔
ダガーちゃんお酒はほどほどにね！
シュワちゃんお前はほどほどにな？
師弟配信
#氷刃のダガー
VTuberなんだが
配信切り忘れたら
伝説になってた［8

いままでのあらすじ

999,999,999,999回視聴・2023/11/20 ♥9999 155

シュワちゃん切り抜きch
チャンネル登録者数 20万人
登録済み

@DG127_
ダガーって誰？

シュワちゃんにとって、彼女はスト○○です。

神成シオンにとって、彼女は宇月聖です。

苑風エーライにとって、彼女は北○武です。

ダガーがパチパチするなら、私は称賛します。

ダガーが「あー？」と言うなら、あー？

ダガーに100万人のファンがいるとしたら、私もその1人です。

ダガーに10人のファンがいるとしたら、私もその1人です。

ダガーのファンが1人だけだとしたら、それは私です。

ダガーにファンがいなくなったら、私は存在しません。

全世界がダガーに反対するなら、私は全世界に反対します。

ダガーを最後の一息まで愛します。

プロローグ

「匡《ただす》さんが病みました」

「え？」

朝方、急にチュリリ先生から電話がかかってきたので応答すると、突如そんなことを言われた。

「え、病むって、匡ちゃんが？」

「はい」

「そんな、なんで匡ちゃんが……あんなに元気な子なのに……」

これは……どうやら真面目な話っぽいな。

「一体何があったんですか？」

「……匡さんがね、気付いちゃったみたいなの。ライブオンは悪じゃないって」

「ほぉ？　とうとうアンチじゃなくなったってことですか？　それはむしろいいことなの

では？」

「一概に言えないわ。だってそれに気付くってことは、今まで自分がやってきたことが間違っていたって突きつけられることでもあるでしょう？」

「……確かに」

「特に……自分が好きなモノの為《ため》だけに周りを攻撃していたという事実は、自分が正義であると信じていたあの子には相当応えたみたいね」

匡ちゃんのデビュー初期、私を交えたコラボで、あの子が晴《はれる》先輩と交わしていた議論を思い出す。

匡ちゃんはクリーンなモノを美徳と考えており、個性入り乱れるライブオンのことをクリーンではないと批判し、それを正す為に五期生になったと豪語していた。

だが、晴先輩は匡ちゃんの話を聞いたうえで、それは匡ちゃんの持つ隠されたものを探求することが好きなフェティシズムの正当化であり、ライブオンへの攻撃は的外れであると指摘した。

最終的には、匡ちゃんはしばらくの間ライバー活動を通してライブオンを体感し、そのうえで自分の意見を見つめ直してみる、という結論に落ち着いていたはずだ。

遂《つい》にその答えが出た、ということなのだと思うけど……。

「うーん……でもあの匡ちゃんが病むなんて、未《いま》だに信じられないのですが……」

「……卒業式」

「はい？」

「匡さんが通っている学校で、少し前に卒業式があったみたいなのよ。つまり三年生のあの子も卒業生になるわけで、周りの空気とかが影響して、どうしてもこれからのことを考えてしまうじゃない？　まだあまり心の整理がついていない段階で、半ば強制的に自分と向き合わざるを得なくなったんだと思うわ。だいぶ前から私達との間で、ライバー業一本でやっていくという方針自体は決まっていたの。大学進学も勧めたんだけど、学業とライバー活動の両立は体力的にもう限界って言われてね。ただ、今となってはこの件も相当響いていそうね」

「あー……結構長引いちゃってましたもんね……」

「それに、あの子はまだあまりに若いから……人生経験も足りないし、精神的にも未熟なのよ」

「どれだけライバーの才能があったとしても、匡ちゃんはまだ高校生だったんですもんね……」

自分の高校卒業時のことを思い出す。同級生だった皆が色々な進路に分かれていく中で、私もその中の1人であるはずなのに、なぜか皆においていかれるような気がして、言いようのない不安に包まれたことがあった。

それに、匡ちゃんはライバー業を進路として選んだ、十中八九他に同じ進路の同級生はいなかったはずだ。きっと当時の私の比にならないくらい不安は大きかっただろう。

そのタイミングで、自分がライブオンは悪だと言い続けてきた主張は間違いであり、むしろ自分の我儘《わがまま》を押し付けていただけと気付く。更にはそのライブオンは自分の進路先ときた。すごい状況だが、悩むのもまぁ分かる。

正直な話、私達ライバーで今までの匡ちゃんの行いを気にしている人はいないだろうし、匡ちゃんの若さなら少し立ち止まるくらい人生においてさほど影響は出ないのだが、あの子は常に本気だからなぁ……だからこそより悩んでしまうのだろう。

少しずつ事態に理解が追い付いてきた。

「ちなみに、どれくらい病んでいるんですか？」

「びっくりしたわよ。一週間程姿くらませたかと思ったら、次会った時には突然情緒ぶっ壊れたから」

「えええ!?　それ大丈夫なんですか!?」

「今はダガーさんセラピーのおかげである程度落ち着いているわ。でもずっと何かを考えているような状態ね。配信はやめておいた方がよさそう」

「そうですか……」

「あと、つい先日、晴さんとも改めて話したみたい」

「えら過ぎる……結果は？」

「晴さんから、気になったライバーに片っ端から相談してみることをお勧めされたみたい。色んな人の話を聞いたうえで、今後のことを考えてみなさいってことね」

「なるほど、あくまで自主性尊重ってことですか、晴先輩らしいですね」

「……私は少し気に入らないわ、匡さんがあんなに悩んでいるのに……」

「おぉ？」

先生が小声で言った晴先輩への抗議。一見同期想《おも》いが故の発言に聞こえるが、私にはそれが違和感として引っかかった。

「こほんっ。そこでです。今日淡雪《あわゆき》さんを頼ったのは、ダガーさんの件を解決した貴方《あなた》の対応力を見込んでのことです。どうすればいいかアドバイスを貰《もら》えないかしら？」

「ふむ……」

なるほど、私に回ってきたのはそういう経緯か。

うーん……そうだなぁ……なかなか繊細な話だから私も悩むけど………。

「……匡ちゃんに関しては、傍観が一番ですかね」

「は、はいぃ⁉⁉」

まぁこの答えになるかな。

「あ、貴方それは酷《ひど》いんじゃ……分かってるの⁉　このままだと、あの子ライブオンをやめる可能性すらあるのよ⁉」

「ええ、勿論《もちろん》理解していますよ」

「ならなんで……も、もしかして匡さんのことが嫌いなの？　確かにちょっと想像力豊か過ぎるし発想がガキなところはあるけど、私なんかとは違って根は本当に尊い子なのよ！　アンチだなんて言ってるのも、危害を加えたいとかじゃなくて、だからその、嘘《うそ》まみれの世界だからこそ逆にあの子みたいな子が評価されるべきというか、ほら！　この前なんかね！　私がいつか日本の年金受給は１２０歳からになってそうよねとか言った時には」

「ふふっ、大丈夫、分かっていますよ。私も匡ちゃんと、出来れば交友を深めたいと思っています」

「ならなんで……」

「だって、ここで何かアクションを起こしたとしても、きっと匡ちゃんの為になりません」

「え？」

「想像してみてください。じゃあここでライブオンを匡ちゃんの理想とするクリーンなV箱にするとします。きっと大混乱が起きて、匡ちゃんはあの性格ですから結果的に更に苦しむことになるでしょう。じゃあ今度は、私達が今のタイミングで匡ちゃんに優しい言葉をかけて引き留めたとします。でもそれだと問題を先送りにしただけで、真剣に悩んでいる匡ちゃんへの冒瀆《ぼうとく》ですらあります。先送りした先でこれ以上匡ちゃんの心と人生を傷つける結果になろうものなら目も当てられません」

「…………」

「匡ちゃんは、きっと今自分と向き合い、自分とは何かを知ろうとしています。成長しようとしているんです。そこに私達が出来るのは、匡ちゃんの迷いを少しでも軽減出来るよう、むしろいつも以上に、これが！　私達が！　ライブオンだ！　と胸を張れる活動をして、最終的に匡ちゃんの出した結論を受け止めてあげること。きっとこれがベストだと思うんです」

「…………本当にその通りね。ごめんなさい、変に熱くなってしまって」

「と！　ここまでは匡ちゃんへの対応策の話です！」

「はい？」

先生が素っ頓狂な声を上げたが、私は更に一度手を叩《たた》いて、明確に話の流れを変える。

「ここからはチュリリ先生のことをお話ししましょう！」

「せ、先生？」

「はい。この件に関して、先生はどうしたいんですか？」

「え？　それは、今言ったように傍観が正しいと」

「それは私の意見ですね。先生はどうしたいのかが聞きたいんです」

「えぇ……」

突然の私からの質問に戸惑い、しばらく黙りこくってしまう先生。

なるほど、匡ちゃんが晴先輩なら、きっと私が向き合うべきなのは先生の方なんだな。

「…………やっぱり淡雪さんが言った案が正論に思えるわ」

「正否はどうでもいいんです。先生がどうしたいのかが聞きたいんですよ。ぶっちゃけ私の意見なんて、それに比べたら無視してもらっても構わないです」

「??:??:??:??」

とうとう脳内が？で埋め尽くされてしまったようだ。

どう説明したものかなぁ……。

「えっと、さっきの先生の晴先輩への抗議で感づいたんですが、きっと先生にはこの件に関して、やりたいことが既にあるんですよ」

「そ、そんなことないと思うわ。本当にすごく悩んでいるのよ？」

「それは否定しません。ですが、きっと先生は匡《ただす》ちゃんのことだけじゃなく、自分がどうしたいのかも同時に悩んでいるのだと思うんです」

「…………」

「匡ちゃんと先生はきっかけや原因が別にしても、仲良く同じことに悩んでいるのだと思います。『自分はなんなのか？』って」

「そ、そんな思春期みたいなこと……匡さんならまだしも私は先生名乗ってるくらいの年齢なのよ？」

「社会に呑《の》まれて自分を見失うこともありますよ。私が提案した合理的な手段に納得しそうになったのは多分そのせいです」

「合理的なのだからそれはしょうがないんじゃ？」

「……ライバー活動を続けてきて分かってきたことがあるんです。きっと人間ってそんな単純な生き物じゃないんですよ。今の世の中では、あらゆる場所で合理的、最適化、コストパフォーマンスなんて言葉が散見され、それが素晴らしいこととされています。子供ですら理論を求める時代になりました。それは生産性という観点ではきっと正解です。でも全方位で正しいわけでもない。だって、私達のライバー活動には縁が薄い概念だと思いませんか？　でも、私達のことを好きと言ってくれる人達は確かにいるんです」

「…………………」

本格的に考え込んでしまう先生。

「そこで！　私から先生にアドバイスです！」

「？」

「先生も匡ちゃんと同じように、色んなライバーに話を聞いて、自分が何をしたいのかはっきりさせましょう！　匡ちゃんが声をかけたライバーと縁のあるライバーを選ぶのなんてよさそうですね、ライブオンはライバー間での影響が強い箱ですから、きっといい意見を貰えると思いますよ」

「…………………」

またしばらくの間考えていた先生だったが——

「——分かったわ。ありがとう」

待った先で、しっかりとそう言ってくれた。

「それにしても驚いたわ」

「何がですか？」

「淡雪さんって、本当に先輩なのね」

「喧嘩《けんか》売ってます？」

「だって、先生からすると年下だし、いつもがあの調子だとね……無言でスト○○二本渡されたらどうしようかと思ってたのよ？」

「しないわ！　匡ちゃんに至っては未成年だし！」

「ふふっ、なんとなく貴方がなんで慕われているのかが分かったわ。人のメンタル不調をバカにするような人じゃなくてよかった、話を聞いてくれてありがとう」

「……晴《はれる》先輩のアドバイスをパクっただけです」

「ツンデレでもあるのね」

「先生にだけは言われたくないわ‼」

こうして、突然の電話は終わった。

ここからは彼女達の出す結論を待つことになる。私に出来ることは精一杯ライバー活動をすることくらいだ。

「──それにしても」

電話が切れたスマホを机に置き、椅子の背に深くもたれかかる。

数秒後、今度は右手を天井に向けて翳《かざ》し、それをただ見つめ続ける。

「これが私か……」

やがて、ふとそんな言葉が、私の口から漏れていたのだった。

第一章

ライブオン最強議論

先日のチュリリ先生の話を聞いたうえで、ライブオンらしい活動をブレずに続けることを選んだ私。

その最初の企画はこれだった。

「最強議論――それは不毛な争いである」

配信の第一声は、こんな言葉から始まった。

：なんで第一声から自分の企画全否定してんのこいつ？

：それを言っちゃあおしめぇよ
：もう全部終わっちゃったじゃん
：解散解散

：不毛なのは清楚《せいそ》活動だけにしとけよ

「最強議論とは、創作全般もしくは自分の好きな作品などにおいて、どのキャラクターが最強なのかを議論することである」

：続けるんだ……

：コメント欄から目を逸《そ》らすな

：草

：あわちゃん状態でやる企画かこれ？

：**はいロング缶　￥220**

「だが、議論の対象作品の作者が明言でもしていない限り、この手の議論はたられば理論の押し付け合いになり、その実参加者は自分の推しキャラが強いと主張したいだけの場合がほとんどである」

：それは言い過ぎな気が……

：さっきから割と辛辣なの草

：さては古の参加者だなおめぇ？

：まだ黒歴史があるのかこの汚清楚系ライバー

「そして正解などなき争いに自分の推しが絡《から》んだ結果生まれるのは、罵詈《ばり》雑言飛び交うヤ

○ーニュースのコメント欄の如《ごと》きカオス空間。正解なき言葉の戦場の温床、それが最強議論なのだ」

：完全無関係のヤ○ーニュースに流れ弾飛んでるの草

：あえて無関係のものを巻き込むことで、どれだけ争いが愚かな行為かを比喩しているな？

：やっぱこれあわちゃんの主観入ってないか……？

：まぁこの手の議論が荒れやすいのは間違いない

：推しが否定されると怒る気持ちは分からんくはないけども……

「はい、ということで皆様こんばんは。今宵《こよい》もいい淡雪《あわゆき》が降っていますね、心音《こころね》淡雪です」

仰々しかった口調を戻し、清楚に挨拶を決める。今日はあわちゃんモードでの配信のお届けだ。

「本日はですね、今説明した最強議論を、ライブオンのライバーでやってみよう！　という企画になります。さっきは最強議論がいかにカオスな議論なのかを分かってもらう為《ため》に、自分なりに緊張感を出して説明してみたのですが、ちょっと似合わなかったかもですね、えへへ」

出だしこそおかしかったものの、順当に企画説明に入る。

：あざといあわちゃんもすこ

：清楚って言ってあげて

：カオスとカオスを掛け合わせるとか何生み出すつもりだよ

：やべぇ企画きたな

「ちなみにですが、今の説明はエンジョイ勢の話であって、ガチ勢の方になると詳細なルールを敷いて真剣に議論する場合もあるようです。ですが、今回はあくまで皆で楽しむことが主題であることはご了承くださいね」

：ガチ勢いるのか……

：とても楽しめる行事の説明には聞こえなかったのですが……

：そもそも何を強さの基準に競うんだこれ……？

「それは勿論《もちろん》『戦った場合』です」

：どう考えてもライバーとは思えない基準で草

：最強議論自体Ｖ箱でやることじゃないような……

：Ｖ界隈《かいわい》にはないモノの方が少ないから

：やっぱり少年漫画じゃないか！

∴最強議論のはずが最低議論になってそう

はい未《いま》だに曖昧だと思ったそこの貴方《あなた》！　私もです。

まぁその点も含めておいおい議論するとして、今日は今説明した通りの最強議論を、日々ライバーがインフレを続け、まるで少年漫画のようだとすら言われる前代未聞《ぜんだいみもん》の箱、ライブオンでやろうというわけだ。

最強議論自体は掲示板とかに限った話でもないと思うから、なんだかんだ人生において友達と似たようなことをやった経験がある人も多いんじゃないかな？

それでもまぁ、ピンとこない人の為に簡単に説明すると――

「というわけで！　今回の企画に先立って、一つの基準になるように、私が思うライブオン最強ランキングを作ってきました！　それではどうぞ！」

【S】朝霧晴《あさぎりはれ》

【A】神成《かみなり》シオン　苑風《そのかぜ》エーライ　チュリリ

【B】昼寝《ひるね》ネコマ　彩《いろどり》ましろ　山谷還《やまたにかえる》

【C】心音淡雪　祭屋光《まつりやひかり》　相馬有素《そうまありす》

【D】柳瀬《やながせ》ちゃみ　宮内匡《みやうちただす》　ダガー

【Z】　宇月聖《うつきせい》
：は？
：エアプ乙
：何を見てきたんだお前
：さっさと自分の名前Sに書いて、どうぞ
：とりあえずあわとシュワ、園長と組長で分けるくらいしろ
：有素ちゃんがC？　正気か？
：ライバーの公式設定読んでから来い
：さらっと聖様Zになってるwwwww
：主催者が早速身内贔屓《びいき》（身内冷遇？）すんな！
：あわちゃん状態なのにシュワちゃん並みにコメ欄ぼっこぼこで大草原
：もしやシュワじゃないのは一種の予防線か？
とどのつまりこういうことである……。
「はいはい皆様落ち着いてくださーい。このランキングは実際にライブオンに所属しているこの私が選んだランキングなわけです。所属ライバーの見解なわけです。何が言いたい

かお分かりですね？」

：知るか

：所属ライバーが言ってるだけだから

：そうそう

：スト○○の見解じゃなくて公式の見解を求めます

：スト○○の見解の隠れたパワーワード感すき

「お前ら公式の見解が出たとしても公式が言ってるだけだからとか言い出すタイプだろ……こほんっ。はいはい分かりました、それでは本格的な議論と参りましょうか。ここから先は私も容赦しませんからね？　これでも私は戦える女、言わばプリキ○アのようなものです。フルボッコにしてあげましょう」

：お、言ったな？

：俺は女だろうが推しだろうが平等に殴れるぞ

：あーあったまってきた

：ふたりはプリキ○ア、ひとりはあわゆき

：なんてえげつないカウンター……

さて、概《おおむ》ね企画のノリは大方に伝わったかな。ここからはさっき私が出したランク表を基にしながら意見を出し合い、皆が納得のいく表に仕上げていくわけだ（そんなものが存在するのかは別として）。

だけど……ライブオンは多重人格を考慮しないとしても既に14人ものライバーがいる。適当に議論をするのではかえって場を乱すだけになってしまうだろう。

となると、まず決めるのは議論の進め方かな。

「それでは、まずは決めやすそうなSランクのライバーを決めてしまいましょう。ライブオンのライバー同士で戦った時、頂点に位置する存在です。先程の私がご用意したランク表には晴《はれる》先輩のみがランクインしていましたね。ご意見をどうぞ？」

：微妙にケンカ腰なの草

：まぁハレルンはSでよくね？

：異議なし

：でもあわちゃん前にハレルンのことFEのジ〇イガンポジとか言ってなかった？

：最近は周りの追い上げがすごいから実はAでよくね？

：ハレルンAは逆張りだろ！

：未《ま》だ全面的に一線級だと思う。運が低すぎるのは気になるけど笑

：ライブオン黎明《れいめい》期に比べたら圧倒的最強ではなくなったけど、なんだかんだほとんどの

ライバーに＋1以上とれる気がする
：ゲームのルール上の対決とはいえ監禁人狼《じんろう》で無双した実績も根拠としてデカい
「ふむふむ、賛成が大多数だし、晴先輩Sはそのままでもよさそうですね。ジ〇イガンはほら、私達がその強さまで追いついているかは別問題ですから！」
：言い訳がましい！
：これはコオロギの刑ですわ
：晴先輩が蟲使《むし》いみたいになってきてるの草
：インセクター羽レ
：途端にDランク感出てきたな
「コオロギはもう勘弁……尚更《なおさら》Sランクから落とせなくなったので、決定ということで次行きましょう！　次は、晴先輩以外でSランクが相応《ふさわ》しいと思うライバーを議論するのがよさそうですかね。ご意見ありますかー？」
：組長はSあってもよさそう
：エーライちゃん（組長）！
：例の人
名前が多く挙がったのは、エーライちゃんだった。

「エーライちゃん！　私もそれはありかも！　今エーライちゃんはAランクにいるはずですが、どうしましょう？　そのままSに上げちゃいますか？」
：いや、園長と組長で分けよう
：そのまま上げていいでしょ、素で強い上にあの子公式設定の面でも動物軍従えてるし
：生身も強いサモナーだからな
：なんだこの強キャラ
：でも園長の状態でハレルンと戦えるかって考えると、防戦一方になりそうなんだよな
：組長化すれば苦戦しつつも一発致命的なの叩《たた》き込めるイメージある
：反社総突撃の瞬間火力はえぐそう
：反社ト○ネルも使えるかも
：なんだこの狂キャラ
「うーん……分かりました！　それじゃあエーライちゃんは分けましょう！　Sに苑風エーライ（組長）が入って、苑風エーライ（園長）は一旦Aのままにして後ほど議論しましょう。OKですか？」
異論は少数……うん。これはそのまま進めちゃおうかな。
さて、今のところ平和に進んでる最強議論、最後にSランク候補として多数名前が挙が

っているのは――

：**心《こころ》音《ね》淡雪《あわゆき》S希望**

：お前や

：シュワちゃん！

：あれー？　自分の名前読めないのかなー？

：**例の酒　¥220**

私か……。

「いやまぁ、はい、分かりました……それではご意見多いので私について議論しますか……」

：よしきた！

：今Cランクだっけ？

：少なくともCはありえないだろ

：SだS！

：SSSSSSSSSS

「えーこれは本人でもある私の意見なんですが、Sではなくないですか？」

：**は？　¥4444**

：スッ（拳を構える音）
：お、なんだ承認欲求稼ぎか？
：無自覚系最強キャラごっこたのちーねー？
：いき過ぎた謙遜は逆効果になるよ

「いや待ってください、謙遜じゃない、謙遜じゃないんですよ……」

そうじゃない、そうじゃないんだ……本当に私は自分をSランクではないと主張したいんだよ……。

なんでかって？　そりゃあ……。

「だってこれ強さ基準とはいえライブオン内のランキングですからね？　Sランクなんて額に『狂』って書いてるのと一緒なんですよ、クレイジー認定証みたいなものなんですよ、実のところ名誉でもなんでもないんですよこのランキング！」

：竹林
：確かにwww
：すでに決まったSラン2人に謝れ！
：これを名誉とするのがライブオンだろうが！
：さてはお前自分が意外とまともだとアピールするためにこの企画始めたな？

「アピールじゃないですから！　事実として意外とまともなんですよ私！　ほら皆様？　目を閉じ、胸に手を当てて改めて考えてみてください。当初とは比べ物にならない程カオスに染まったライブオンのライバー達、その中で私は、清楚《せいそ》に咲く一輪の睡蓮《すいれん》の花のように見えてきませんか？」

必死で訴えかける私。

どうかな？　これでリスナーさんにも分かってもらえたかな？

：見えねぇよ

：彼岸花になら見える

：俺はレモンの花に見えた

：ラフレシアでしょ

：シュワはS、あわもCよりは絶対上

：お前酔っぱらってたらSで大喜びするの知ってるからな？

：額に書いてカッケェとか言ってそう

：なぜ未《いま》だに清楚への未練を残せるのかの方が謎

ダメみたいですね。

「くぅぅう、だって、だってぇ！　ダガーちゃんが記憶喪失取り戻せるのなら私もワンチヤンあっていいじゃないですか！　清楚はないよりはあった方がいいんですよ！　シュワが裏で暴走するのはもう何も言い訳しません、でも繕った状態くらい清楚って言われたい乙女心もあったりするんですよ！　推しのことなら分かるでしょ⁉」

：ご、ごめん？

：シュワ状態の印象が強すぎて……

：シュワとは別方面とはいえ、最近はあわ状態でもキレッキキレなせいで尚更清楚から遠ざかってるような

：成長の結果目標が遠ざかるの草

：最近のあわちゃんは清楚っていうよりベテラン芸人の風格かと

：そもそも繕えてないのよ貴方《あなた》

：ダガーちゃんと君は本質的には真逆だから……

：**た、頼りがいはあるようになったよ！　￥10000**

「……分かりました、それなら私もエーライちゃんと同じく分けましょう。その上でシュワはSでもいいです。ですがあわを議論する時はちゃんとシュワを切り離して考えてみてください」

：おk

：それがよさそうやね
：了解！
：シュワは……まぁSかぁ
：一部不利をとられるライバーはいても、組長と同じかそれ以上の瞬間火力でるのは魅力
：しかも攻撃が変則的だから読まれにくいのもある
：逆境で強そうだからS
：シュワちゃんと組長が変身制限有なことを考えると、制限なしかつただの学生設定で同列のハレルンやっぱりやばい
：ただの女子高生が最強キャラ、大好物です

「あ、そうだ。なんだか癪《しゃく》ですから、シュワはスト〇〇のSってことに私の中ではしておきます。というわけで現状のランク表はこうですかね」

【S】朝霧晴《あさぎりはれ》　心音淡雪（シュワ）　苑風《そのかぜ》エーライ（組長）
【A】神成《かみなり》シオン　苑風エーライ（園長）　チュリリ
【B】昼寝《ひるね》ネコマ　彩《いろどり》ましろ　山谷還《やまたにかえる》
【C】心音淡雪（あわ）　祭屋光《まつりやひかり》　相馬有素《そうまありす》

【D】柳瀬《やながせ》ちゃみ　宮内匡《みやうちただす》　ダガー
【Z】宇月聖《うつきせい》

よし、これでとりあえずSランクは決定だね。

「順当に上から行くなら、次はAランクですね。現状はシオン先輩、エーライちゃん（園長）、チュリリ先生がランクインしています。ご意見をどうぞ！」

そう言ってSの時と同じようにコメントを煽《あお》ってみたのだが……お？　案外意見がバラけているというか、明らかに多数が目立つ意見がないな。

これはつまり、Aランクのメンツはそこまで違和感がなかったということなんじゃないかな？

ちょっと意見を拾いながら、このままのメンツでOKそうか探ってみよう。

：**Aランクも強者感えぐいな……　￥3200**
：シオンママは昔ならBかCだったんだけどな……
：調整で一気に化けたよな
：産ませて攻撃が追加されたことによる火力面の強化もそうだが、まさか常時スーパーアーマーが付くとは思わなんだ

：うん、やっぱ園長はAだ！
：チュリ先はまぁ強いわな
：今更だけどチュリリ先生はAどころかSでもよさそう
まず拾ったのはこのチュリリ先生Sなんじゃないか意見。他のメンツに比べて意見が少なかった為《ため》スルーしたが、実はSランク議論の時にも名が挙がっていた1人だ。Sランクの人選は既に既定路線だが、目立った議論対象のいない今のタイミングなら議論出来そうなので、せっかく頂いたのだから拾うことにした。
でもチュリリ先生はなー……。
「先生は……ポテンシャルが随一なのは間違いないんですけど……本当にいざって時には負けそうな印象が強すぎるんですよね……」
：なんかわかるかもwww
：悪役として序盤で主人公の村を焼いて、以降何回も負けフラグの戦いがあるけど、純粋な眼《め》をしている主人公を殺せはしないんだよな
：終盤か中盤の終わりに、どうしても戦わないといけなくなってしまった主人公との本気の戦いで負けて、改心しそうになったけどその時起きた何かしらの事故から自己犠牲で主人公を救い、罪を背負ったまま死ぬまで見えた

：想像力チュリリかよ

：意味不明さ加減ではチュリリ先生がトップ独走しているけど、なんかメンツを見るとAで納得している自分がいる……

「よかった、分かってくれる人が多そうですね。それではチュリリ先生はAで！」

他にある意見はー……。

：ましろんは何がとは言わないけどAAAだと思う。何がとは言わないけど

：とうとう発売されたライバーおっぱいマウスパッドで、なぜか1人だけ商品名からおっぱいを外された人のことは言わないで差し上げろ

：『彩ましろのマウスパッド』好評発売中

：失礼な、レビューのほとんどが星5の大好評なんだぞ

：なおほとんどの星5理由は「非常に実用性が高いです」な模様

：有素ちゃんはAはあると思います！

「えーましろんのAAA云々《うんぬん》は私が触れると後で大変なことになりそうなのでスルーします。有素ちゃんは……私の配信を主に見ている人からすると、確かにもっと上でもよさそうに思うかもしれませんが、逆に言えばあの子私が関わらなければ礼儀正しい女の子なんですよね」

：草
：淡雪《あわゆき》妄信ムーヴが効かない人には弱そう
：ましろんに勝てないしな……
：難しいラインだな
：淡雪ちゃんにはシュワも含めて大ダメージ出せるの熱いぞ
：特攻持ちってやつなんやろな
「Aまではいかないとして、一旦有素ちゃんはCのままかな。いやまぁ私からすると問答無用でSに入れたいんですけどね！　ランク付けには客観性が必要ですから我慢したんですよ！　私えらい！」
：客観性……？
：燦然《さんぜん》と輝く聖様のZ
：輝くどころか異臭がするんですが……
：我慢できなかったんでしょ
：性様だけTier表じゃなくてCEROのレーティングになってて草
そして、最後の意見は……。
：あわはあわでAくらいはあると思うんだ

：今あわちゃんCだっけか
：シュワ要素完全抜きならCじゃない？
「あわ状態は――……どうしようかな……」
私（あわ）がちょこちょこって感じかぁ……でも結構意見割れてるなぁ……。
「これは一旦Bで話し合いましょうか。この割れ方を見るにその方がよさそうです。決して少しでもランクを下げようという魂胆ではないですよ？」
：聞いてないよ？
：自分で言うから怪しまれるんだよ……
：【S】trongと【Z】eroでしゅわあわが最上位と最下位に位置する伏線やね
：大草原
：そこまで考えてたのかあわちゃん！
「いや考えてねぇよ‼　私が性様と同じとかあり得るわけないでしょ‼」
：同類なんだよなぁ
：ねぇよで草
：清楚が剝がれてゆく……
最後にキレ芸が出てしまったのはやってしまったが、Aはランク変動なしで大丈夫そうだね。

ライブオンの中でも上位に位置づけられるS、Aランクが決まったので、次からは中堅となるB、Cランク付近の議論になる。

現在のこのランクのメンツがこちら。

【B】昼寝ネコマ　彩ましろ　山谷還

【C】心音《こころね》淡雪（あわ）　祭屋光　相馬有素

ここが決まればランク表は一気に完成へと近づく。

……だが、ある程度順調に決まった上位層に比べ、このランク帯は様々な意見入り乱れる混迷模様となってしまった――

主に議論されたのは次の意見達だ。

・あわはBなのではないか？

「先程議論になった点の本戦です！　ですが、これどうなのでしょうか？　正直自分では分からないんですよね……」

：全ライバーといい勝負しそう

：負けることもあるけど、今のあわちゃんなら大負けはあんまりないんじゃ？

：初期あわならDどころかZもありえたけど、今はBでもいけそう。成長だけでここまで上げてきたのはすごい

：初見殺しには弱いけど、戦いの中で成長するよね

：隠れた最強モードもあって主人公感すごいな……

：虚になるから実質ホ〇ウ化持ち

：胸元に丸い穴開いたら0に見えて爆笑しそう

「ふぇへへ……ふひ、ふしゅふへへへ……そ、そんなに言うなら上げちゃいましょうかねー！　……これ喜んじゃいけないランキングでしたね……」

・光ちゃんはBなのではないか？

「光ちゃん……確かにフィジカル強者だからもっと上でもいいかもしれませんね」

：フィジカル強者というより、ドMだからダメージくらわないでしょ

：正面から戦うと常にダメージ吸収される初見殺し
：S属性ある人は回復量をオーバーヒートさせることで勝てる、それ以外はガン無視で耐久勝負しかない
：光《ひかり》ちゃんと耐久勝負しないといけないのか……
：寿命が縮むわ（物理的に）

「これ以上議論をすると矛先が私に向く気しかしないので採用しまーす！」

：還《かえる》ちゃんはCなのではないか？

「ええぇ……あの子相当強くありませんか？」

：精神攻撃は強いがフィジカルが弱すぎる
：戦うとなった時点で即逃げるよあの子は
：負けたら就職って条件なら覚醒しそう
：それでも逃げるよ。逃げたから負けてはないって言う。あの子はそういう子だ
：両手を広げて庇《かば》ってるようで肘鉄でボコボコにしてるの草

「なるほど……最ママとしての苦労がランクに出てしまったのかもしれませんね……反省

します……採用！」

・ましろんはCなのではないか？

：反省とは？

「嫌です」

：さては記憶喪失、弟子の技借りる展開来たな

：自分の決めたましろんのランクだけは絶対に譲らないという意志を感じる

：淡雪特攻持ちだしBありそう

：まぁその愛情に免じてBってことで

ましろんに関しては譲れない！　かわいいかわいい†清楚《せいそ》†ちゃんってことで許して！

……なんか私が†清楚†って名乗ると清楚のお墓みたいだと思ってしまった自分が悲しい。もう二度と使わない。

・ネコマ先輩はCなのではないか？

「ネコマ先輩、実は私も相当悩んだんですよね……流石《さすが》は猫と言うべきか、摑《つか》みどころがないので戦闘力が分からないんです」

：弱くはないと思う

：フィジカルは多分弱い？　でも冷静だし汚物武器もあるからな……

：でもお人好《ひとよ》しなんだよなネコマー……絶対トドメさせないタイプじゃん

：めっちゃ微妙なラインだな……

：ネコマーだし下げてよくね？

「もはや理由じゃない⁉　いやまぁそれがネコマ先輩のいいところなのかもしれませんね……争いを好まない優しい先輩なんです。名誉あるCってことにしましょうか」

これで一区切り。長い議論にはなったが、なんとか中堅のランクも決めることが出来た。

……あっ。

「そういえば、聖《せい》様ってネタを抜きにするとBかなと思うのですがいかがでしょう？　あの方は攻撃力はすごいですけど、意外と防御は紙装甲なのでBかなーと」

：草、聖様の名前が出るだけで笑ってしまう

：Zが似合い過ぎて素で忘れてた

：Bかな

：ＢＢＢＢＢＢＢ

：ＳとＡには勝てないイメージあるからＢ！

よし、改めてこれで中堅層も決まりだ。

現状のランク表は下記の通り。

【Ｓ】朝霧晴《あさぎりはれる》　心音淡雪（シュワ）　苑風《そのかぜ》エーライ（組長）

【Ａ】神成《かみなり》シオン　苑風エーライ（園長）　チュリリ

【Ｂ】宇月聖《うつき》　心音淡雪（あわ）　彩《いろどり》ましろ　祭屋光《まつりや》

【Ｃ】昼寝《ひるね》ネコマ　相馬有素《そうまありす》　山谷還《やまたに》

【Ｄ】柳瀬《やながせ》ちゃみ　宮内匡《みやうちただす》　ダガー

さぁいよいよここからはこの企画も終盤、最後にＤランクの議論へと入ったのだが――

：Ｄはこのままでいいと思います！

：Ｄのちゃみと匡＋ダガーペアが、それぞれ上位のエーライとチュリリに特攻持ちなのす

こ

：五期生はエモさすらある

……特攻考えると全体的にバランス取れてる気がしてくるな
……もう完成でいいでしょこれ

このように反対意見少数であっさりと現状維持で決まってしまった。

SやDのような極端な性能の候補が入るランクは、意見が固まりやすい傾向があるかもしれない。

というわけで――

「これで全ての議論が終了となりました！　沢山のご意見ありがとうございました！」

これにてランク表完成だ――――!!

長かった議論の末、私達はこの不毛な争いを、ただ終わらせるだけじゃない、実りある結果として終わらせることが出来たのだ！

まさかここまで大方の参戦者にとって納得度の高い表になるとは想像していなかった。

最強議論とはもっとカオスで収拾のつかないものかと思っていたけど、しっかりと議論すれば纏《まと》めることも出来るんだね！

これもきっとライブオンのリスナーさん達の他者を受け入れられる民度の高さが故のことだ。議論などと言いながら、自分の好きを守ることだけを考えて戦っていた過去の自分を戒めよう。

人が分かり合うには、真剣に話し合うことが大事……そんな当たり前のことの大切さを改めて知りました……。

：乙

：おつかれさまー

：完成じゃー!!

：¥8888

：プシュッ！　¥220

コメントの皆も労《ねぎら》い合っている。やはり戦いの後はこうでなくては。感動的な光景だ……。

さて――それでは――行こうか――

皆と創り出したゴールへ――

「さぁ皆様――議論に議論を重ね、とうとう完成したライブオン最強ランク表――ご覧ください！」

【ＳＳＳ】　朝霧晴　神成シオン　宇月聖　昼寝ネコマ　心音《こころね》淡雪《あわゆき》　彩ましろ　祭屋光

柳瀬ちゃみ　相馬有素　苑風エーライ　山谷還　宮内匡　ダガー　チュリリ

「壮観ですね！」

：ん⁉

：あ、あれ？

：エッ……ェ？

：あれ？　誰かキ○クリ使った？

：ちょっと男子～また時飛ばした～？

：なんだ……これは……

：そんな……俺達の戦いはなんだったんだ……

：なんの成果も‼　得られませんでした‼

：寿命縮んだわ（既成事実）

：はあああああああああ⁉⁉

：ふざけるなあああああ――――っ‼‼

：よかったな俺の平等の拳、出番が来たぞ。その清楚（げんそう）をぶち壊す！

：これが令和の運動会か

：最初からこれがやりたかっただけだろ

「あははは！　流石に冗談ですよ！　もし話が纏まらなかった場合用に作ってあったんです。せっかくなのでオチとして使っちゃいました！　実際のランキングは一つ前の表で既に完成していますのでご容赦ください」

：用意いいな……

：荒れる予感があってそれでも企画やる度胸に草

：まぁこれが事実なのかもしれんが……

：一般の方から見たランキングはこれだから

「それに、今回のリストは戦った場合でしたが、ライブオンになるような人は何かしら超強いんですよ！　だからレギュレーションを設けない場合、皆SSSが正解なんだと思います。……うん、丁度いいお時間ですね。それでは皆様、また淡雪の降る頃にお会いしましょう！」

：**納得　¥320**

：このレギュでも皆100点か99点みたいなもんでしょ

：凡人に比べたら全員バケモノなんだ

：乙！

：ぐう面白かった！

定番の締めの言葉と共に配信を閉じる。

今回の配信では話し合いの大切さを知ることが出来た。

私達人間は、種としてはあまりに個が分離している生き物だ。器用が故に不器用であり、頭がいいが故に間違える。だからこそ他人を、そして自分を知る為《ため》には、誰かとの対話が必要不可欠になる。

……匡ちゃんとチュリリ先生も、いい話し合いが出来るといいのだけど。

SSSに全員が揃《そろ》ったランク表。そして企画の最後に言ったあの言葉は、リスナーさんに対してだけじゃなく、渦中《かちゅう》の2人に対する私の想《おも》いが滲《にじ》んだ瞬間でもあった。この企画を選んだのも、これが言いたかったのが理由の一つだ。

特に匡ちゃん。今の状態だ、彼女がこの配信を見る可能性はかなり低いだろう。この言葉が届くことはきっとない。でもそれでいい。私が言葉にしたかっただけだから。

……チュリリ先生にあんなアドバイスした私が何をやっているんだか……冷静なのか心配なのか、はっきりしてほしいものだよね。自分でもそう思うよ、全く……。

ママのご乱心

ソロだった配信が終わり、今日は例の相談を受けた後、初めてのコラボの日となった。

というわけで、気合を入れて選んだ今日の企画なのだが――

「ライブオン子作り企画、はっじまっるよ――!!!! いえええええぇぇ――――い!!!!」

うん。これは気合を入れ過ぎてしまったかもしれない……。

::声でっか!?

::企画ぶっ飛び過ぎてて樹海
::せめて企画名もうちょっとどうにかならなかったの?

::これ企画は企画でも企画モノとかそういう類のやつなんじゃや?

::てかシオンママのテンションぶっ壊れてない? 大丈夫?

「はーい! ワールドオブマザーこと司会進行の神成シオンです! それじゃあまずは企画に協力してくれるライバーの紹介だー! 無理やり連れてきた同期からどうぞ!!」

「やぁ諸君! シオンに誘われたら抗《あらが》うことを忘れる女、聖様の登場だよ!」

「クソ企画は好きでもこの企画は正直脱走したかった昼寝ネコマだぞー!」

「おっしゃあああぁぁぁ! じゃあシュワちゃんと有素《ありす》ちゃんも挨拶よろしくぅぅぅ――!!」

「プシュ！　開幕から酒がないとやってられない！　シュワちゃんだどー！」

「企画名と淡雪殿の参加を聞いた時点で参加即決！　相馬有素であります！」

「皆参加ありがとうううぅぅぅ！　いいいいいいいいやっはあぁぁぁぁぁ――――!!」

：これまたいい面子《メンツ》だぁ……

：当たり前のように同期無理やり参加させてるの怖い……

：あ、あれ、シオンママこんな人だっけ？

：多分違うけど絶対違うとは言い切れない部分ある
：あ、あの、我々にも諸々《もろもろ》の説明を……

「シオン、リスナーさんの諸君が企画に戸惑っているようだ。盛り上がるのもいいが、進行はしっかりこなさないとね」

「おっと失礼！　その通りだね、ありがとう聖《せい》！　えっと、今日の企画はね！　皆に子供を作ってもらおうと思います！」

「よしよし、えらいねシオン」

「ネコマ先輩、ヤツらに突っ込んでいいっすか？」

「いいぞ！」

「ロケットランチャーを」

「ライバー性まったく関係ない凶器持ち出したところにマジのイラつきを感じるぞ……」

「淡雪殿！　私に！　私に突っ込んでほしいのであります！　淡雪殿に突っ込んでもらえるならロケランもち○こと一緒なのであります！」

「子作り企画だけに？　あはははは！　なんだ皆もノリノリじゃーん‼」

「…………………」

　明らかに普段に比べて二回りはテンションが高いシオンママに言語を失ってしまう。

　まるで酔っているようだが……恐ろしいことにシオンママは素面《しらふ》である。

　じゃあなぜこんなにもテンションが高いのか？　リスナーさんの為に私が代わりに説明しようかと思ったその時、なぜか急にこのタイミングでシオンママ自身が語りだした。

「私ね、いつもライバーの皆のことをママという立場からかわいがっているわけなんだけど、なかなか甘えてくれない子も多くて……最近は欲求不満みたいな状況になってたの……もっと甘えてほしいのになーって」

　なんだかもう訳が分からないが、それが当然である。

「だからね？　皆にだって責任あるんだよ？　だってね？　そんな鬱憤が溜《た》まっちゃったらね？　私ね？　あのね――」

なぜなら——

「私……貴方達《あなた》の赤ちゃんが欲しくなっちゃった……」

シオンママは今！　完全にぶっ壊れているからである！

：⁉⁉

：今とんでもないこと言わなかったか⁉

：エッ（恐怖）

：どうしてこうなった……

：シオンママのライブがかつてないほどオンしている⁉

「てなわけで企画説明ー！　今から集まってくれた聖、ネコマー、シュワちゃん、有素ちゃんの４人の中から、ルーレットを使って二人一組のペアを作ってもらい、子供を産んでもらいます！　本当はペアを入れ替えて全パターンやりたいんだけど、尺と企画性のことを考えて入れ替えはなしにするよ……」

「聖様から少々補足を。子供を産むとは言っても、妄想の産物だからそこは安心してくれたまえ。シオンはペアの子供はどんな子になるかを妄想して遊びたいようだ」

「入れ替えなし、つまりネコマ達４人の中から２人の子供が生まれるわけだぞ！」

「淡雪殿と当たれば私との子供が！　淡雪殿と当たれば私との子供がぁ！」

「ゴクッゴクッゴクッゴク、プハアアァァァァ！」

：**よかった、ちゃんとした企画だ　¥4000**
：言うほどちゃんとしてるか？

：感覚がマヒしてるがもうBANにならなければえらい！

：シュワちゃん初期並みのえげつないペースで飲んでて草
：あれ？　シオンママはルーレットに参加しないの？

「あと1人が集まらなかったの……ッ！　あと1人集まれば6人で3ペア作れて色々丁度よかったのに！　悔しい！　悔しい！」

「こんなネコマでも避けたい企画するからだにゃ〜」

「まぁまぁ、シオンだってルーレット参加者が二期生に偏らないようにとか、企画の面白さとか、進行が崩壊しないようにとか、色々考えた末なんだ。褒めてあげてくれ」

「落とし穴に自分から落ちて自力で出てきても褒める要素はねぇんですよ（グビグビ）」

「私からすれば神企画なのであります！　むしろ人が集まらなくてラッキーなのであります！」

：聖様がシオン全肯定botになってるの草
：あの聖様が恋人には尽くす女なの意外過ぎる

：シュワちゃんがいないと企画倒れの可能性すらあったのか……

：……え、じゃあさっきの『貴方達の』って、自分以外のライバー同士が作った子供が欲しいって言ってたってこと？

：うちの子は勘弁してください　￥50000

スト○○ちゃん、今日はよろしくね……。

いよいよ始まる確定しているカオスに向けて、私は縋《すが》るようにスト○○ちゃんと口づけを交わすのだった。

「それじゃあこちらがルーレットになります！」

四等分されたそれぞれにシオン先輩を除く各自の名前が書かれたルーレットが、配信画面に表示される。

「針は一つしかないから、まずこのルーレットで1人目を決めた後、次に決まった人以外の3人でもう一度ルーレットを回してペアを決めようと思うよ！」

「おいシオンママ！　スト○○ちゃんの名前がないじゃないか！」

「は!?　そうだ、スト○○を足せば偶数になってママも参加出来る!?」

私の言った苦情に、その手があったかと衝撃を受けた様子のシオンママ。

ふふっ、即興で思いついた苦情だったが、これはナイス発想だったのではないか？　スト〇〇ちゃんと当たる可能性があれば、私だって企画に乗り気になれるって寸法よ！

「待つにゃ！　スト〇〇が追加されるってことは、誰かがスト〇〇の子を持つということになるぞ！　シュワちゃんが当たる分にはいいが、それ以外もありえる、それはいいのか⁉」

「私はいいっすよ、てか全員スト〇〇で孕《はら》め」

「淡雪《あわゆき》殿に同じく！　スト〇〇の子＝実質淡雪殿の子なのであります！」

「聖様はね、淡雪君を想像してスト〇〇でイッたことがあるよ」

「いいのかぁ……そうかぁ……にゃにゃぁ……」

：多数決敗北猫
：聖様のそれは許可なの？

：え、マジで追加すんの⁉

「うーんむむむぅ…………き、企画が滅茶苦茶《めちゃくちゃ》になりそうだから、今のままでやります……」

くっ、シオンママにはスト〇〇の子を持つことに、企画の進行を守る以上の魅力を感じなかったようだ。残念……。

「そんなわけで、それじゃあ一回目のルーレットを回しまーす！　ぐるぐるぐるぐるシオンママの掛け声でいよいよ回り始めたルーレット。誰もがじっとその回る針の行方を凝視する。

「はい孕め♪　孕め♪　孕め♪　孕め♪」

「シオンママ、生命の始まりみたいなコールはやめてもらえませんか?」

：どんなコールだよ

：草

：ダメだ、今日のシオンちゃん本当に狂気を感じる……

：普段冷静な人こそここぞって時にヤバイ一面があるものだから……

：シュワちゃんいるから説得力の塊

ルーレットが回るに連れて再びテンションがバグり始めたシオンママに気を取られもしたが、針は徐々に勢いを失い始める。

そして止まった先に書かれていた名前は――

【宇月《うつき》聖】

「お、聖だね！」

「うげぇ」

「すみません、仮病なのでここで失礼します」

「外れであります！」

「ちょっと待とうか」

結果を見たネコマ先輩、有素ちゃん、私の反応を見て、聖様がなぜか横やりを入れた。

「淡雪君と有素君はまぁそのリアクションでも分からなくはないよ。でもネコマ君は違くないかい？」

「にゃ？　なんでだ？」

「聖様との熱い夜を過ごしたくはないのかい？」

「それはもう企画の趣旨からずれてるぞ」

「ふむ、実は企画が始まった時からの疑問だったのだが、どうしてネコマ君はそんなにこの企画に乗り気じゃないんだい？　いつもは変な企画でもクソ企画と解釈して楽しんでいるじゃないか」

「いや、それとこれとは話が別だぞ、だってな――」

ネコマ先輩は途中で数秒言葉を止めると、膨張し過ぎて穴が開き、地面へと墜落していく気球のような声でこう言った。

「恋人同士であり同期でもあるライバーがいる前で、その片割れとの子供を想像しなきゃいけなくなる可能性があるとか、誰でも嫌に決まってるだろ‼」

：猫草
：シチュエーションに理解が追い付かないのよ
：修羅場待ったなしなのは分かる
自然と私も「あー」と声に出してしまった。そうか、もしここで聖様《せい》とネコマ先輩がペアになったらそういう状況が生まれてしまうのか。

改めて考えてみると私と有素ちゃんも十分やばいのだが、同期という要素も含んでいるネコマ先輩はそれは切実に聖様と当たりたくないのだろう。

「ネコマー」

シオンママも流石《さすが》に不憫《ふびん》に思ったのか、ネコマ先輩の名前を優しく温かい声で呼んだ。

「私は聖とネコマーの子供、すっごく見たいかなぁ！　はぁ！　はぁ！」

ように思えたが、興奮してニチャニチャした生温かい声が出ただけだったようだ。

「おいこいつ絶対おかしいって！　聖からもなんか言ってやれ！」

「ネコマ君」

「にゃ?」
「聖様はネコマ君と体&心からヤリたいと思っているよ!」
「お前に至ってはさっきから企画勘違いしてるだろ!」
このカップル、価値観が独特過ぎる……。
「なぁ後輩のお2人や、ネコマを助けてくれよー!」
「助けてと言われましてもルーレットだから運ですし……スト○○飲みますか?」
「淡雪殿と当たりたい私からしたら、むしろネコマ殿には聖殿とペアになってほしいのであります!」
「そんにゃ……はっ、今思えばスト○○を候補に加える案に賛成した方が、確率が下がるからよかったのか……」
:このカップル、最先端過ぎて俺からは見えない
:裏ではちゃんとラブラブなの奇跡だろ
:ネコマ不憫かわいい
:正直ネコマー当たってほしいっす
:かわいそうはかわいいという格言もあるからな
「もういい加減ルーレット回すよー! このルーレットで選ばれた人が聖とペアになって、

残りの２人がもう一組のペアになるってことね！　それじゃあレッツ子作り！」

　標的を３人に絞った上で、再び回り始めるルーレットの針。

「誰が産むかな♪　誰が産むかな♪」

「聖様、彼女のこの姿を見てどう思います？」

「笑顔がかわいいなって」

　もうこの２人に関しては気にするだけ無駄な気がしてきた……。

「頼む！　聖だけは勘弁！　聖だけは勘弁！」

「淡雪殿とペアがいい！　淡雪殿とペアがいい！」

「ふっ、嫌がるライバーと強制的に子作り……興奮するじゃないか」

「正直誰でもよかったけど、今のを聞いて聖様だけは嫌になりました」

　それぞれの想《おも》いをかき混ぜながら回るルーレットの針――

　速度を落とし、悩みながら、彼が選んだ未来、それは――


【昼寝《ひるね》ネコマ】

「にゃあああああぁぁぁぁ!!!!!!」

盛大なフラグ回収だったようだ。

「あはあぁぁぁあ！　聖とネコマーの子供だって！『バーマンちゃん』の誕生だあ‼」

「バーマンってなんですか？」

「ビルマの聖猫って呼ばれてる猫の種類だよ！　2人の子にピッタリでしょ！」

「やけに凝ってる……さては前から2人の子として妄想したことありますね？」

「シュワちゃん。君のような勘のいいガキは合成だよ」

「この後確かに合成されますけどね……」

「あはぁ♡」

夢のような企画だとでも思っているのだろうか、なんだか恍惚《こうこつ》とした声さえ漏らし始めたシオンママ。

「なんで……なんで毎回こうなるんだ……」

それとは対照的に、ネコマ先輩は悲壮感を漂わせている。

なんだかこんな役回りが増えたよねネコマ先輩……クソゲー&クソ映画に触れ過ぎて、本人にも何かデバフのようなものが掛かってしまったのだろうか……。

「ふぅ、種付け完了っと」

「種付けどころかもう産んでんだよ！」

「ママはコウノトリさんに感謝を捧《ささ》げます……」

「コウノトリ仕事し過ぎだろ！　こちとら速達頼んだ覚えないぞ！」

：百合《ゆり》の間に引《ひ》き摺《ず》り込まれる猫
：バーマンちゃんデビューおめでとう！

：コウノトリ「産地直送でお届けします！」

：産地に直送してどうする！

：ホラー企画なんだよなぁ
　さて、それで生まれたはいいが……。

「あの、ここからは何をするんですか？」

「ちゃんと考えてるよ！　名前は決まったから、ここからはこのバーマンちゃんの外見、性格を決めていくよ！」

「なるほど、じゃあ外見から行きますか」

　進行役が暴走しそうになった時はすっと進行をカバーする、私も慣れたものだ。

　……なんで進行役が暴走することが度々起こるんですかねぇこの箱は……まぁいいや。

「もう聖とシオンが乗り気なら気にするだけ無駄と思うか……」

　ネコマ先輩も先程の私と同じ開き直りに至ったのか、気を取り直し、企画に立ち返ってくれた。やはり優しいネコさんだ……。

「それで外見だっけか？　こっちが色々小柄で聖が色々デカいから、混ざれば丁度いい感じになるんじゃないか？」

「正統派な美少女が生まれる気がするよ！　あぁ、育てたい……」

「普段は普通だけど、興奮すると猫耳と尻尾が出てしまうことにしよう。おぉおぉ、結構いい感じじゃないか！」

「我が子に興奮はしないでくださいね聖様。有素《ありす》ちゃんはどう思いますか？」

「…………………」

「有素ちゃん？」

「……やばい」

「やばい？　あ、外見がよすぎてってこと？」

まぁネコマ先輩も聖様も中身はアレでも外見はいいから、ここは外さないか。外見はライブオンが唯一王道を守っている点と言ってもいいからね。

……その分。

「次は性格……ですね。ここが決まれば自然と趣味も出てくる気がします……」

この点が問題になるわけなのだが……。

「性格……ネコマーの性格と言えば……」

「……クソゲーとクソ映画好きだな」

「それと聖の性格は……」

「性欲だね」

「それをミックスするとなると……」

…………………。

「スカ○ロ好き？」

「やめましょうか！」

私は謎の義務感に触発され、そう言ってシオンママを遮っていた。

：wwwwwww
：おい――――!!!!

：アウトー！

：それは完全に一線越えてるから！

：ナイスセーブシュワちゃん
：そもそも性格が性欲ってなんだよ！

「にゃ、ネコマも賛成だぞ」

「まぁこれは仕方ないね」

「えー？　なんでよー！　こうなるでしょー？」

「なんでよーじゃないですよ！　シオンママだってそれで話題広げたらやばいの分かるでしょ!?　お食事中の方だっているかもしれないし、私だってスト○○飲んでんですよ！」

「まぁそうだけど……私は、生まれるものは全て祝福してあげたい……」

：シオンママが言峰○礼みたいなこと言ってる……

：誰か気絶するくらい辛《から》い麻婆豆腐《マーボーどうふ》持ってきてー！

：ライブオン×ライブオン＝放送禁止
：普段のライブオンもお食事中に見るもんじゃないけどね……

「せめてもう少し！　もう少しマイルドに行きましょう！」

「マイルドかぁ……じゃあゲームと映画要素に寄せてみる？」

「お、いいじゃないですか！　それで行きましょう！　ほら、クソを下じゃなくてダメって意味に繋《つな》げる感じで！」

……………。

えっと、つまり性欲×クソゲー＆クソ映画ってことになるから……。

「低品質なエロゲ＆エロ動画フェチ？」

「ちょっと待ちましょうか！」

まぁそうなるかもしれないけども！

「だってこうなるじゃん！」

「まぁそうなんですけど！　でもこれは業が深過ぎますって……」

「一体どういった点に興奮を覚えるのだろうね……素人《しろうと》感とかとも別なんだろうし……ネコマ君は分かるかい？」

「これはネコマにもレベルが高すぎるぞ……」

「ほら！　両親も困ってますし！」

「親は私だよ」

「へ？　でも聖《せい》様とネコマ先輩の子供だし……」

「でもこの企画考えたのは私だよね？　子供欲しがったのは私だよね？　だからこの企画で生まれた子供は強制的にこのシオンママが保護します」

「強制的な保護はただの誘拐なんですよ」

：ライブオンの子だなぁ
：何もツボを分かってない制作人に無知シチュしてんじゃ？

：シオンママ……どうしてこんなになるまで放っておいたんだ!?

：誘拐も一線越えてるから！

：どんだけ線越えるんだよ横断歩道じゃねぇんだぞ
「えへへ、手が掛かりそうないい子だぁ……」

「もう終わりでいいよな？　なんか疲れたぞ……ふにゃぁ……」

……まぁシオンママが満足気だからいいのかな……。ネコマ先輩はお疲れ様です……しばらくの間負担を掛けないようにしてあげよう……。

えっと、改めて、1人目の子のプロフィールを纏《まと》めるとこうなるかな。

名前・バーマン
外見・正統派美少女（興奮すると猫娘化属性有）
性格・低品質なエロゲ＆エロ動画フェチ
まとめ・正統派美少女（笑）

「すごい子が生まれてしまいましたが、シオンママ、そろそろ次のペアに……ってあれ？」

シオンママに企画を進めるよう催促しようと思ったのだが……。

「有素ちゃん、そういえばさっきからやけに静かだけど大丈夫？」

企画のカオスに呑《の》まれてしまい注意が向かなかったが、さっきから有素ちゃんの口数が少ないような気がする。

さっきまだ冷静さを保っていた時に話題を振った時も、なんからしくない反応してたんだよな。

……あれ？　返事がないぞ？

自惚《うぬぼ》れてるみたいで癪《しゃく》だが、私の呼びかけに有素ちゃんが反応しないなんて珍しい。先輩方も気がかりになったようで、ダウンしていたネコマ先輩まで合わさって皆で名前を呼ぶ。だが反応なし……リスナーさんも含めていよいよ心配になってきている。

何かトラブルだろうか？　いよいよそんな不安が頭をよぎった時、ようやく有素ちゃんは反応を見せてくれた。

だが――

「ほ、本当にペアになれてしまった……」

それは、いつものはつらつとした有素ちゃんとは違い、今にも消えそうな弱々しい声だった。

まるで、前にオフでお泊りした時に、素顔を見せてくれて恥ずかしがっていたあの時のような――

「あれー？　どうしたの有素ちゃん？」

「なれてしまったって、淡雪《あわゆき》君とまぐわうことを望んでいたのではなかったのかい？」

シオンママと聖様は不思議そうに有素ちゃんに声をかける（ネコマ先輩は安心したのか再びダウン）。まぁそうだよね、有素ちゃんがこのような姿を配信で見せることは今までなかったはずだ。

お泊りをさせてもらった時のことを思い出す。普段はエキセントリックな有素ちゃんだが、なぜかこの子には妙なところで恥ずかしがり屋な一面があるのだ。

確かあの時は直接の顔合わせを恥ずかしがっていたはず。じゃあ今回はどうしたのだろう？

「だ、だってだって、淡雪殿とわ、わわわわ私の子供なんて！　そんなのダメなのであります！　そんなことが、そんなことが起こってはダメなのでありますぅ‼」

「だめって、そんなことないよ！　子供は多ければ多いほどいいんだから！」

「正論のはずなのに、シオンがそれを言うと子宮口がぎゅっと閉まるね」

「いやそんなっ、ああああああまりにも恐れ多いのであります！　私のようなただの人が神の子を授かるなどぉ‼‼」

世界一きもい危機感の表現をした人はさておいて……あーそういうことね……。

「有素ちゃん、今更なんでそんなこと気にしてるの……てかさっきまで私と当たりたいって言ってたでしょうに……」

「そ、それは、まさか本当に当たってしまうとは思わず……企画に参加したのも、淡雪殿と誰かの子が生まれるのを悔しがって楽しもうと思っていたからでありまして……」

「そういえば君はそんな嗜好《しこう》に目覚めつつありましたねぇ！　患者はシオンママだけじゃなかったってことか……」

「だからこの展開は……起きてはいけないことなのでありますよぉ……」

：これは珍しい有素ちゃんだ

：こんな一面もあるんだな

：まぁ推しの子を授かれるってとんでもないことだからな

：有素ちゃん限界突破すると素が出ちゃうタイプか

：なんか普段があれなこともあってかめっちゃかわいく見えるw

：押し（推し）に弱いって考えると有素ちゃんらしいな

「でもルーレットで決まっちゃったわけだし、企画としてなしってわけには……それに、ママは2人の子供見てみたいなー」

「そ、そんなぁ……でもぉ……」

最早《もはや》弱々しいを通り越して助けを求めるような声でまごまごしてしまっている有素《ありす》ちゃん。

そんな有素ちゃんの姿を見てしまっては――私も動かざるを得ない。

ライブオンの先輩として――私は有素ちゃんを――

「有素ちゃん……私と子供作るの……そんなに嫌なの……？」

徹底的にイジってあげないといけないよなぁ‼（プシュ！）

「そそそそそんなわけないのであります‼　でもそれとこれとは問題が違いましてて……」

「じゃあ問題ないって！　子作りしちゃお？」

「おうふ」

「今有素君すごい声出してたね」

「それどころかガシャガシャ物音鳴ってたって！　倒れちゃったんじゃないの⁉　大丈夫⁉」

「だ、大丈夫……であります……ちょっと体が孕《はら》む準備をしただけで……」

「そっか、よかった……」

……それはいいのか？　まぁシオンママも日常茶飯事だろうけど無事だし大丈夫か……。

そんなことより今は有素ちゃんだ。こんな機会なかなかないからな、今までの仕返しをしてやらねばぐぇへへへ！

「淡雪殿、私も覚悟を決めたのであります！　不束者《ふつつか》ではありますが、淡雪殿が望むなら、私は貴方様《あなた》の子を孕む為《ため》にこの身の全てを奉ずるのであります！」

「ふーん。ねぇ、孕むって話なら、私が孕む役もありなんじゃない？」

「それはダメえええええええええええええ——————!?!?!?!?」

おほ——————これまたいい反応しますなぁ！　よいではないかよいではないか！

「えーなんでー？　私だって女だからいいじゃん」

「私の遺伝子が入っている子なら、淡雪殿に負担をかけるくらいなら自害を選ぶはずなのであります‼」

「割とガチでダメな理由出てきちゃったな……」

「推しに負担をかけるなどファンとして言語道断！　その点私が孕む側なら、淡雪殿の子にへその緒から全ての栄養をスパチャすることが可能なのであります！　腹を突き破って生まれてきて即淡雪殿へプロポーズに向かうような元気な子を約束するのであります！」

「もう何がなんだか。キメラア〇トの女王もびっくりだど」

：シュワちゃん遊んでるだろｗ
：栄養をスパチャで草ｗ
：まぁこの子既に淡雪ちゃんの財布にへその緒繋《つな》いでるようなもんだから
：なんかまた企画の趣旨ずれてない？

：なんで誰かが孕む話になってるんですかねぇ……

「シュワちゃん！　有素ちゃんをイジるのも程々にしなさい！」

「まぁまぁシオン、混乱する有素君もかわいいじゃないか」

「だってシオンママは２人の子供が早く見たいんだもん！」

「こいつこそ程々にした方がいいんじゃないか？」

「おかえりネコマ君」

「はいはいシオンママ、分かりましたよー」

少し惜しいが、この先の有素ちゃんの反応も面白そうだし、そろそろ企画に戻りますかー。

「よし！　それじゃあ本格的に２人の子供がどういう子になるか創造（想像）してみようか！　えっと、淡雪ちゃんと有素ちゃんの子だから名前は……うーん難しいな……安直だけど『有雪ちゃん』でいこうか」

「ふむ……おや？　この組み合わせ、名前だけじゃなくその他も難しくないかい？」

「これってやつが思いつかないぞ！」

「私も思いました……そもそも私のあわとシュワの二つの要素はどうすんだって話になりますし……」

「はい！　私は思いついたのであります！」

いきなり躓《つまず》いてしまいそうになった私達だったが、ここで真っ先に手を挙げたのは、意外にもさっきまで取り乱し続けていた有素ちゃんだった。

「まず外見でありますが、雪の姫のような儚《はかな》くも美しい、紫の瞳がミステリアスに輝く美女なのであります！」

「……………にゃにゃ、それで性格の方は決まってるのか？」

「はいであります！　普段は清楚《せいそ》で控えめな性格なのでありますが、実は裏ではスト○○と女が大好きで下ネタも躊躇《ちゅうちょ》しないという二面性を兼ね備えているのであります！」

「私そのものじゃねーか」

そのツッコミの入りの滑らかさたるや、まるで川の流れのようだった。

「有素ちゃん、これ私と君の子供なんだよ？　なんで私のクローン作ろうとしてんの！」

「そんなことはないのであります。瞳は私と同じ色なのであります」

「それは私の色でもあるんだよ！　有素ちゃんが運営さんにお願いしてまで私の瞳の色と同じにしてもらったこと知ってるんだからな！　もうこの子に有素ちゃんの要素ないから！」

「そんなこと言われましても……淡雪殿に負担がないと分かった以上、私の遺伝子は淡雪殿の遺伝子と出会った瞬間即敗北を認めるので、あらゆる面で私の要素が発現することはありえないのであります」

「このクソザコ遺伝子が！　もっと後世への執着を見せろよ！」

：ｗｗｗｗｗｗ

：実質無性生殖で草

：この女本当に人間卒業してんな

：……え？　じゃあ有素ちゃんの体がもつ限り淡雪ちゃんは増え続けることも可能ってこと？

：恐るべきVTuber達計画始まったな

：毎年ライブオンの新期生に心音《こころね》淡雪がいる未来想像して笑った

：急に数年デビューが止まったかと思ったら次の新期生枠全て使って同時デビューとかしそう　¥880

……会社の将来安泰じゃん

……この女……カオス過ぎる!!

再びツッコミに終始してしまい息切れ状態の私なのだが、それでも有素ちゃんは真剣にこれが正しいと思っているようだった。

「だって、世界の為を思えば淡雪殿は遺伝子の一欠片《かけら》でも多く存在しているべきなのであります。もしその一端を担《にな》えるのであれば、それこそが私の幸せなのであります！」

「いや私が困るんだって！　毎日自分の知らないところで自分がやらかしてるなんて生き地獄だから！」

「あわ殿とシュワ殿のコラボが実現出来た日には、私は歓喜のあまり体の穴という穴から体液をぶちまけるのであります！」

「それは尚更《なおさら》だめだろ！」

必死に説得しても、こんな意味不明なことなのに正しさを全く疑っていない有素ちゃん。

こ、この子なんでこんなに意志が強いんだよ！

だが、そんな私を見かねてか、先輩達が助け舟を出してくれた。

「まぁまぁ有素ちゃん、私は2人の特徴を受け継いだ子が見たいな。ママのことを想って、ね？」

「う…………でも…………」

「聖様からもお願いするよ。このままシオンが欲求不満のままだと、恋人が永遠に魂○ルフランを歌う末期ママになってしまう」

「それにな、有素ちゃんのご両親のことを考えたら、引き継いだ遺伝子を後世に残すのも、一種の親孝行ってやつなんじゃないか？」

「ううぅ…………それを言われてしまうと…………やむなし、淡雪殿の繁殖は諦めるのであります……」

「繁殖って言うな！」

シオンママと聖《せい》様で揺さぶり、最後にネコマ先輩の発言が決め手になったのか、悪あがきを残しつつもようやく有素ちゃんが納得してくれた、ありがてぇ……。

それにしても、イジるつもりがいつの間にかやり返されてしまったな……こんな状況でも油断ならない、流石《さすが》は有素ちゃんだ。勘弁してください……。

いよいよ本格的に誕生への道を歩むことになった有雪ちゃん。

先ほども少し話題に出たが、この子の創造はなかなかに難題だ。

私のスト○○をどう表現するか？　そのまま遺伝させるか、それとも何か別の解釈にするか？

有素ちゃんの私への執着はどう表現するか？　いっそのことどんでもないナルシストにしてしまうか？

その他にも私の二面性は拾うのか、有素ちゃんの照れ屋な一面を拾うのか、お互いの公式設定を拾うのかも課題に上がる。

時間をかけて、慎重に要素を拾っていく私達。

顔立ちは有素ちゃんにミステリアスな印象を+したシャープなものにして、背丈は私より少し低く、有素ちゃんよりは高い。

設定は、アイドルをしているが、クール系を通り越して雪のような冷たさで全く笑顔を見せない（でもそれが一部で人気）。

そしてトドメに、二面性を――

少しずつ納得出来る要素を確定させていき、そして、やっと形になったのがこの子だった。

名前・有雪

外見・ファンから氷の騎士と呼ばれている超不愛想《ぶあいそ》系アイドル

性格・実は照れ屋なだけかつ極度のマザコン（淡雪《あわゆき》にのみで有素はライバル）で、家では

スト○○で酔っぱらうことで自らの氷を溶かし、べたべたに甘えている

まとめ・氷の騎士（笑）

…………………。

暫《しばら》く無言の時間が続く。

「……なんか萌《も》え漫画のキャラ出来ちゃったな」

沈黙を破ったネコマ先輩のその一言が、この子と私達の心境を全て表していた。

いや、勿論《もちろん》それは悪いことではない。かわいいキャラが生まれたということなので、むしろ普通は喜ぶべきことだ。

ならなぜ今の私達はリアクションもとらず、ただ無言で首を傾《かし》げているのか？

それは、全員が共通してあることを思っているからだ。

段々とコメント欄のリスナーさんも私達の様子を不審に思い始めていたので、私が代表してその心境を言葉にした。

「これはなんというか……あれっすな」

私達がこんならしくない状況になっている理由、それはこれだ。

「カオスが足りない」

ライバー達がこぞって同調してくる。

要は私達は、偶然隠れ家に迷い込んだ純朴な少女に、どう対応していいのか分からない闇世界の殺し屋のような、そんな心境になっていたのだ。

：なんてことで困ってんだよwww

：そんなものない方が普通だから！

：うんうんじゃないんよ

：足りないんじゃなくてあんたらがあり過ぎるんやろがい！

：有雪ちゃんは、いつかなんらかの事故でファンにもバレるんやろなって

「これ、いいのかい？　いや、ダメな理由はないんだけど、だからこそいいのかなって……」

「まさか淡雪殿と私を合わせた結果、カオスが中和されるとは……予想外の結果なのであります……」

「シオン、どうすんのこれ？」

「んー……ママとしてはもう少し手のかかる子の方がよかったかなぁ。でも、これ以上2人の子として相応《ふさわ》しい人が思いつくのかというと……」

まずいな。何がまずいって、これがこの企画で生まれる最後の子だからだ。

このままのテンションでは、企画の締めとしてあまりよろしくない。終わりよければ全てよしなら、終わりダメなら全てダメでもあるのだ。それに、このままではシオンママが消化不良でもある。

私達にも配信者としての意地がある、何とかしなければ……。

何か解決策を練ろうとした、その時だった。

〈山谷還《やまたにかえる》〉：**本当にこの企画やってたんですね、コワッ**

配信を見て、本当に何気なくコメントしたのであろう還ちゃんを発見した時、私に天啓舞い降りる！

「シオンママ！　見てください！　還ちゃんです！　きっと母性に壊れたシオンママが心配で来てくれたんですよ！」

「えぇ!?　ほんと!?!?」

〈山谷還〉：**え?**

「よく考えてみてください、貴方《あなた》には還ちゃんがいるじゃないですか！　だというのに、他の子に現《うつつ》を抜かそうとするなんて……還ちゃんもきっと悲しんでますよ……」

「そ、そうなの……？」

〈山谷還〉：**え?　え?**

「そうか、そういうことか……最ママと呼ばれる私には還ちゃんの気持ちが分かりましたよシオンママ。そもそも還ちゃんがシオンママをママと認めないのも、シオンママのその弱さを見抜いているからなんですよ！　きっと多分恐らく（小声）。だから、ママならしっかりしなさい！」

「還ちゃん……そうだったんだ……うん、そうだよね、ママが赤ちゃんに心配されてたらダメだもんね！」

「分かってくれましたか？」

「うん！　シオンママはもう大丈夫！　還ちゃん、ありがとう……今までなんで還ちゃんが私を避けるのか分からなかったけど、やっと分かった。私の赤ちゃんになりたかったからだったんだね！　本当にママにしたい人だからこそ厳しく接していたんだね！」

「なぁ聖、これでいいのか？」

「シオンが幸せなら、それでいいさ」

「勢いだけで押し切る淡雪殿、カッコいいのであります……」

：なんだこの流れ……

：**やっぱりライブオンじゃないか！　￥220**

：？？？？？？？？

：還ちゃんがやベーやつに更に目を付けられたことは分かった

〈山谷還〉：え？　え？　え？

「還ちゃん、ママは目が覚めたよ！　これからは今までよりもっと本気で還ちゃんのママになりにいくからね！」

「イイハナシダナァ……」

こうして、ご乱心状態のシオンママが起こした狂気の企画は、終わりを迎えることが出来たのであった。

還ちゃんありがとう、君の犠牲は忘れない……。

第二章

匡・チュリリ―現在のライバー1

淡雪達が配信でライブオンたる在り方を誇示している――その裏では、並行するように『彼女達』の事柄が進展を迎えていた。

その1人――五期生の宮内匡《みやうちただす》は、先日までメンタルバランスを崩し、危うい状態に陥っていた。

匡はライブオンの活動を通して、自分の信念としていたものが、ただの自分の欲望の正当化だという事実を自覚せざるを得なかった。

匡はクリーンなモノが好きだった。礼儀を纏《まと》い、ルールに従い、型にはまって生きる。

そんな在り方を理想だと信じている。

だからこそ、そのどれにも当てはまらないライブオンの在り方が気に入らなかったし、何よりライブオンのようなライバー達が人気を集めていることに危機感と焦燥感を覚えた。

やがてその恨みが積もりに積もった結果、とうとう彼女は悪を正してやろうと正々堂々ライブオンに入り、アンチとして殴り込みをかけることになる。

だが、それはすぐに躓《つまず》くことになる、一期生の朝霧晴《あさぎりはれる》との出会いが原因だ。

晴は匡のその信念を、匡の持つ極度の妄想癖を正当化しているだけだと指摘した。

匡は否定したが、晴の話に考えさせられる点もあった為《ため》、最終的にしばらくライブオンの一員として活動し、自分を見つめ直す時間を設けることにした。

それからというもの、ライブオンのライバーと活動を共にする中で、匡は常に晴と話したことを脳裏に意識させていた。そして遂《つい》に気付いてしまう——

ライブオンのライバーは確かに癖が強くはあるが、悪ではないし、ましてや世の中にとって危険になどならない。

そう確信した時、匡のメンタルは崩壊を始めた。

じゃあこれまで自分の支柱となっていた信念は汚れていたものだったのか？　この体は嘘《うそ》まみれだったのか？

じゃあ自分はどうすればいい？　攻撃したライブオンにいる資格などあるのか？　自分の居場所はどこにある？

このままでは同期にも迷惑をかけてしまう。一体どうすれば……どうすれば……。

──匡はまだ目を背けたままだったが、その中には、あの時覚えた危機感と焦燥感、その正体の姿もあったのだろう。

匡は考えれば考える程ネガティブな思考に憑《と》りつかれ、自室に引きこもるようになってしまった。

やがてそれにすら耐えられなくなった匡は、同期に助けを求め、彼女達の協力である程度冷静な思考が出来るまでメンタルを回復させることが出来た。

そして、少しでもよい未来を求め、今一度晴と話をし、気になるライバーから話を聞いてみることをアドバイスされ、今日に至る。

「と、いうわけなのだが……」

「なるほどねぇ」

「ふむ」

今日、匡は2人の先輩から話を聞くことが出来た。ライブオン二期生の宇月聖《うつきせい》と、四期生の山谷還である。

意外な人選に見えるかもしれないが、匡には選んだ理由がある。この2人は、それぞれ人間関係で過去に問題を抱えていたことがあるライバーなのだ。

人間関係は現在の匡にとって悩みの一部でもあり、そして人間関係に悩んだうえでそれを克服し、現在自分らしくあるこの2人には、何か参考になる話が聞けるのではないかという予感もあった。

「どうしたらいいか、何かアドバイスを貰《もら》えないだろうか？　あっ、ごめんなさい、こういう時はしっかり敬語を使うべきですよね」

「いや、いいんだ。口調を変えられると、まるでこのまま匡君が消えてしまうように思えてしまうから、そのままの方が嬉《うれ》しいよ」

「還はそもそも敬語を使われる人間性を持ち合わせていないので問題なしです」

「そ、そうか？」

匡の話を聞いて、普段では考えられない程真剣に思案を巡らせる聖と還。

「要はこれから自分はどうしたいのかってことだよね……いいねぇ、思春期だねぇ」

「還はこんな多感な時期の尊い女の子にアドバイスをすることが、あまりにも恐れ多いのですが……」

「そんなことはない！　今は本当に些細《ささい》なものでもいいから気付きが欲しいのだ」

困惑する還だったが、聖はまるでお先にどうぞとばかりに言葉を発しない。

還はしばらく唸《うな》ると、決心がついたかのように話し始めた。

「じゃああの……いいですか？」

「頼むのである！」

「……還って、実は昔は漫画家だったんですよ。まぁさっぱり売れていなかったので、漫画家を目指していたって言う方が正しいのかもしれませんが」

「それは聞いたことがある」

「そうですか？　よく知ってますね。配信でたまに言ってますから、隠していることでもないんですが」

「アンチ対象である以上、ライブオンのライバーのことは調べ上げているのである」

「それは立派……なんですかね？　まぁそんなわけで、これがですね、たまに配信で言うとリスナーさんとかからめっっっちゃバカにされるんですよ。お前に出来るわけないだろってノリで」

「むっ、酷《ひど》い話だ！」

「いや、それ自体はいいんですよ。実際ダメダメでしたし、バカにされることでウケて人気が出て就職が遠ざかるので、むしろありがたいですね。今の話で重要なのは、目指していたって部分です。柄でもないんですけどね、当時は本気で目指してたんですよ。この夢が破れたらこの人生に価値はないってくらいの熱量で。寝る間も惜しんでネームのネタ考えて、手が疲労で激痛の中原稿を描き続けて、そんな時期があったんです。でもダメだった」

「…………………」

「当時は絶望もしました。でも、今の還《かえる》は自分が恵まれてないなんてことは思っていません。当時は漫画家じゃない自分には何もないって思っていました、でも今の還は漫画家じゃないことを後悔していません。VTuberやって、バブバブやって、漫画家目指した過去をバカにされて、そんな生活に充実を感じています。つまりーなんといいますか……人間ってそんなものなんだと思います」

「……そんなもの？」

「こんな時でも自分は投げやりな答えになるのかとうんざりはしますけどね。何やらかしても生きてる限り何かしら次があるんですよ。何より匡ちゃんは若いんだから、次の選択肢は無限大です。ずん○もん状態なんです。赤ちゃんにだってなれるかも」

「いやそれは別になりたくないが……」

「勿体《もったい》ない……まぁそんなわけで、還は別に何かを死ぬ気で頑張れーとか言うつもりないです。てか自分がやりたい、やらなきゃと思ったことなら誰でもそれたくさんやるでしょ。周囲に合わせてやりたくもない、やる必要性も感じていないことに手を染めようとするから、頑張りが足りないなんて言われる人が出てくるんです。だから頑張るなんて概念還は持ち合わせていませんね。なぜなら還は赤ちゃんなので」

「…………なるほど」

「………えっと、還からは以上です。ほら聖様！　そっちの番ですよ！　交代です！」

柄にもない真面目な話でもう照れくささに耐えきれないとばかりに、聖に回答権を押し付ける還。

「そうかい？　聖様は還君らしいなーと思ったから、もっと聴きたいくらいなんだがね。あと一時間くらい頼むよ」

「二、三発ぶん殴りますよ？」

「すまない、フィストファックは専門外なんだ」

「心配しなくても顔面ドストレートですよ」

「な、なななななにとんでもないプレイの名前出しているんだ！　き、ききき規制しなければ！」

「あ、そうだ。ふと前に気になったことを今ので思い出したのだが、どうして匡君の名前って一般的な『正』じゃなくて『匡』の方なんだい？　調べたのだが、意味もあまり変わらないようじゃないか」

「え⁉ そ、それは……その…………正だとそれは……なんかいやらしいから……」

「「思春期だ」」

「う、うるさい！ そ、そんなことより、聖様の答えを早く聞きたいのである！」

変な話題になってきたので、匡は話題を変えようと聖に強引に話を振ったが、聖はうろたえる様子もなくそれを受け入れた。

「承知した。実はね、もう一言に纏めてあるんだ、聖様からはこれだけ――――悩めよ思春期少女！ 大丈夫、どんな選択をしても、未来の自分は過去の自分より先にいるものだよ！」

こうして、匡の話し合い第一弾は終わりを迎えた。

匡は、通話が切れた後も考える。

還と聖の話は、それぞれ似ているようで、でも少し違う気もした。

それは当然のことだ。人間、思っていることはそれぞれ違う。経験による変化は勿論《もちろん》、本をただせば生まれた瞬間でさえ、人は完全に共通した思考を持たない。

人は結局バラバラだ。

「…………どうして人間ってこうなのだろう」

匡はこの事実を直視しようとすると、なぜか妙な胸騒ぎに襲われた。

加えて、聖と還は決して匡《ただす》にこうしなさい、という明確なアドバイスはしなかった。あくまで決めるのは匡に委ねる。これは晴も同様だったことだ。

それが彼女達の人間性であり、最大限匡に配慮してくれているからだということも匡は理解しているし、時間を割いてくれたことを心から感謝している。

ただ、それでも思ってしまうのだ――確かな正解が欲しいと。

この時はこう動けばいい、それが定まっている事象が匡は好きだった。いや、好きというより安心した。テンプレートがあり、誰もがそれに従って動いている光景を見ると、えもいわれぬ安心感に包まれた。匡にとって、通っていた厳重な校則が敷かれた学校は、妄想癖による天国と同時に、まるで陽だまりのような場所でもあった。

それでも、もう自分はその陽だまりには戻れない。今は自分がどうするかを考えなければならない。匡は胸騒ぎに襲われながらも思案を続ける。

「――――ん？」

――そんな状況に追い込まれたことが、不幸中の幸いだったのかもしれない。

「どうして私――」

ようやく匡は――

「それに安心していたんだ？」

自身のブラックボックスに触れた――

ほぼ同時刻――匡の更に裏では、もう一つの事柄が動いていた。

『彼女達』の内のもう1人、チュリリである。

チュリリは淡雪《あわゆき》のアドバイスに従い、匡が声をかけたライバーと縁のあるライバーを選び、事件について話を聞いてみることにした（縁と言っても多くが淡雪と一番繋がっているじゃないかと、チュリリは文句の一つも言いたくなったが）。

なのだが――

「絶対に引き留めるべきだよ‼」

「…………………」

事情を聴いた二期生の神成《かみなり》シオンによる、提案を通り越して完全に言い切った主張を前にして、人選を間違ったかもとチュリリは頭を抱えていた。

「にゃ、にゃあにゃあ（まぁまぁ）シオン、一旦落ち着けよ」

それを見越して、シオンを制止するのは、同じ二期生の昼寝《ひるね》ネコマ。この2人が今回のチュリリの話相手だ。

「だって、このままだと匡ちゃんライブオンを辞めちゃうかもしれないんでしょ⁉　そんなのママ許さないんだから‼」

「だから落ち着けって！　ごめんなチュリリ先生、シオンってこういう時割と単細胞だから……」

「いいえ、いいのよ……八割が無駄な要素のビジネスメールに比べれば、簡潔でイラつきはしないから……」

そうは言いつつも、苦笑いを隠せないチュリリ。

確かにアドバイスや意見を求めてはいたのだが、シオンの直情っぷりは、意見を求めた側のチュリリが落ち着けと言いたくなるものであった。

「シオン、こういう場合って当人達の心情を尊重することが大切だったりするから」

「えーでもぉ！」

「分かった分かった。じゃあ一旦ネコマから先生と話してみるから、それを聴いた上でもう一回考えてみな」

「はーい……」

慣れているのか、うまくシオンをコントロールしたネコマに、チュリリは感心してしまう。

それと同時に、苦労しているんだろうなぁと憐《あわ》れみの念を感じたのは、五期生における
チュリリと立ち位置が似ているからなのかもしれない。
「話を戻そう。話を聞いた限り、ネコマが言いたいのは淡雪ちゃんが先生に言った意見の
延長線だ。先生は、まず自分と向き合うべきだな」
「またそういう……」
性根が東京の路線図のごとくひねくれているチュリリには、ネコマのその意見は耳にし
ていてこそばゆいものだった。
「だってそうだろ？　ネコマが話を聞いている限り、先生はどうしたいのかの部分がまる
でなかった。せめてそこが分からないと、ネコマ達は誰に向けたアドバイスをしたらいい
んだってなるだろ？」
「それは……まぁ……」
「だから、先生がやることは、人のことよりまずは自分のこと！　だな」
「あの、私からもいいかな？」
シオンの先程とは違った落ち着いた優しい声色を聞いて、ネコマとチュリリは頷《うなず》いた。
「これは他ならぬ昔の私のことでもあるんだけどね……自分の想《おも》いを理解していない人間
が、誰かに想いを渡す資格はないと思うの。きっとそれはものすごく失礼なことで、相手

を傷つけることに繋《つな》がりかねないから」

——その言葉は、今までそのあまりにも変わったセクシャリティから世の中と同じかそれ以上に自分という存在を嫌い、目を背けてきたチュリリにとって、傷跡に沁《し》みこむ消毒液のように感じられた。

チュリリは俯《うつむ》き、そのまま言葉を発することが出来ない。否定したかったのかもしれない。反論したかったのかもしれない。だがそうは思っても言葉には出来ないことが、シオンの言葉がチュリリにとってクリティカルなものだったことを証明していた。

そのまま無言の時間が流れる。

チュリリにとってその時間はやり場のない憤《いきどお》りに苦しみ、ネコマにとっては気まずさに苦しむものだったが……どうやらシオンは少し心境の方向性が違ったようだ。

「えっとぉ……えへへ……なんかあれだね…………恋愛相談みたいな回答になっちゃったね！　キャー！」

「「は？」」

…………………。

「はあああああぁぁぁぁぁぁ——!?!?!?!?」

シオンの明らかに空気を読まない発言に、最初はチュリリとネコマが同時に疑問を返し、数秒遅れてチュリリの絶叫が場の緊張感を切り裂いた。

「あ、貴方《あなた》何言ってるのよ！　これはそんな俗な話じゃないから！」

「えーそうなのー？　私はチュリリ先生は匡ちゃんのこと好きなんだろうなーって思ってたんだけどなー？」

「ば、ばっかじゃないの貴方‼　誰があんなガキのこと‼　はぁ、やっぱり地球人ってその程度よね！　絶望した！　恋愛事でしか物事を測れない地球人に絶望した！」

「それは違う先生なんじゃないかな……」

「それに、そもそも先生は人間に性愛を覚えることが出来ないの！　セクシャリティがまるで違うのよ！　そんな私があの子を好きになることなんて、あるわけないでしょ」

「にゃ？　それは違くないか？」

「え？」

今まで一緒になってシオンに呆《あき》れていたネコマが、チュリリのその言葉には反応を見せた。

「別にセクシャリティ違っても好きなもんは好きだろ。ネコマはシオンも聖《せい》も好きだが、こいつらみたいに同性に興奮なんてしたことないぞ」

「────」

ネコマが当たり前のように放ったその一言は、チュリリの心臓を鷲摑《わしづか》みにした。

その後、話し合い自体は終わっていたのでそのまま解散となったのだが、その最中もずっと、チュリリの様子はどこか挙動不審だった。

そして通話が切れた後、チュリリはふと昔のことを思い出していた。

それは、ライブオンの五期生に合格し、説明会の用事で匡とダガーに初めて会った日のこと。

当時のチュリリは、暴れてやりたかったからライブオンに入ったという経緯の通り、今以上に自暴自棄な状況だった。

そんな中出会った2人の年下の女性。チュリリは最初相手にするつもりもなかったが、あまりにもしつこく話しかけてくるので、大人げなくあしらい続けることの罪悪感に耐えられなくなり、仕方なく交流を持つことになった。

それ以降も、チュリリはこの2人との交流を拒むようなことはなかった。

なぜか？　普段は考えもしないことをますますチュリリは掘り下げていく。

ダガーの場合は単純だ。そのあまりに子供なままの純真さがチュリリの腐った心でも分かってしまい、ダガーといるとイライラしていることがバカらしくなった。それが心地よくもあった。

じゃあ匡の場合は？　匡はダガー程純真ではない。あの妄想癖からも分かる通り、純真なように見えて匡は様々な考えを巡らせている。似ているようで匡とダガーは明確に違う。

匡との初対面時をチュリリは思い出す。ダガーと共にあしらい続けられながらも話しかけてきたその姿を。

——口先ではダガーと一緒に友好的な言葉を発しながらも、手が震えていたその姿を。

「そうだったわね……ふふっ」

チュリリは、自分でも驚くほど優しい笑みが零《こぼ》れた。

チュリリが匡を拒まなかった理由、それはダガーとは違う、もう一つの子供らしさが彼女にはあったからだ。

そしてそんな匡を見る度に、チュリリは重ねてしまうのだ。まだ希望なんてものを捨てていなかった、同じ年代だった頃の自分を——

放っておけなかった。放っておけるわけがなかった。匡には自分のようになどなってほしくなかったし、その姿が救いでもあったから——

宮内《みやうら》匡は——流れる真水のように繊細で、滴《したた》る血のように危うい子供らしさを持っていた——

心音淡雪渾身のドッキリ

今日も始まった私こと心音《こころね》淡雪の配信。

いつもの挨拶や乾杯を済ませ、場を整えたところで、私はこう切り出した。

「私さ、企画を考える時に、いっつも真っ先に思いつく案が一つあるんだよね」

そう、それは、バラエティでは定番中の定番であり、不健全だやらせだ言われつつも、いつの時代もなんだかんだ人気のある――

「ドッキリ」

：あー
：プシュ！　¥220
：俺も企画考える仕事してるからめっちゃ分かる

：あるね〜

「でもさ、毎回浮かびつつも、実行に移すことってなかったんだよ。驚かせることをやったとしても軽いサプライズ程度で、本格的にドッキリをやるってなると躊躇《ちゅうちょ》しちゃうんだよね。だってさ、ドッキリって一発目の効果絶大じゃない？　新鮮だから疑われにくいじゃん。つまり初回こそ本気のドッキリが望ましいってこと。そう思うとどうも踏み切れなくてさ」

：うんうん

：人間、回数重ねるとどうしても慣れがね……

：でもさ、毎日が衝撃だらけのライブオンがそれ言う？

：最早《もはや》全部ドッキリでしたーって言われた方が現実味あるぞ君達

：本人達がヤバ過ぎて日常が意図しないドッキリだらけなの恐ろしい

：ドッキリじゃなくて事件なんだよなぁ

：（仕掛け人も含めて全員）ヤラセなし！

：ヤラセろ

：それは言い方まずいんじゃないかな……

：こちとら君が清楚《せいそ》のフリする度にドッキリされてる気分なんだわ

「だが！　今回はなんと！　とうとうこの私がライバー達にドッキリを仕掛けてきたので！　そのレポートになるど――――‼‼」

：都合の悪いことは耳に入らないスタイル

：おお！

：拍手！

「とうとう私も納得がいく究極のドッキリ案を思いついたんだよ！　ドッキリのターゲットもこれには一本取られたと言うしかないやつ！　ふっふっふ、なんだと思う～？」

：デビューから三ヵ月清楚だったライバーが実はスト○○でしたーとか？

：もうやった

：実はライブオンは家族でしたーとか？

：それもやった

：実は今水星から下半身裸になって配信してるーとか？

：今やってる

：水星の痴女じゃん

「やってねぇよ！　だれが水星の痴女だ！　はぁ、全く、しょうがないから発表してやろう！　私がようやく納得した渾身《こんしん》のドッキリ、それは――」

デカデカと文字が書かれたテロップを表示すると同時に、私はそこに書かれている企画名を盛大に読み上げた。

「私がスト○○以外のお酒を飲んでいるドッキリ――!!!!!!!!」

：なにぃぃぃぃ!?!?

：マジで!?

：**これはガチなの来たな　¥10000**

：冗談抜きで本気のやつじゃん！

：シュワちゃんがそれは確かにビビる!!

：えええええええええええええ!?!?!?!?

：遂《つい》にスト○○以外の酒飲むの!?

「心配ご無用！　あくまでドッキリなんで、ビールの缶に黄色く着色した炭酸水入れたやつ飲むことにしたど」

：流石《さすが》にか……いや何が流石なんか俺も分からんけど

：なぜかホッとした

：なんでスト○○飲み続けるだけで純潔を守るアイドルみたいになってんの？

：他の酒飲むだけでここまで騒がれるのおかしいだろｗｗｗ

：実際他は飲まないの？

「うーん……正直なところ絶対に飲むのが嫌ってわけじゃないけど、他のお酒買うくらいならスト○○買うよね、そりゃ」

：それがシュワちゃんだよな

：もうだいぶリッチなはずなのにｗ

：何がそりゃなのか

：シャンパンよりスト○○の方が喜ぶ女

：スト○○は大事と存じます

：SEISO EXPLOSION

：爆発しとるやないかい

：いつかは飲むこともあるのかな

：スト○○は飲み続けてほしいけど、一回くらいなら怖いもの見たさで興味ある

「まぁ今回はそれは置いておきまして、ドッキリの内容説明に移るよ！　って言ってもタイトルそのままなんだけど、ターゲットのライバーを待ち伏せして、偶然スト○○ではなくビールを飲んでいるところを目撃されてしまった……という状況を作り、その反応を楽しもうってわけ！　ましろんに依頼して漫画風イラストも作ってもらったから、それ見な

がらレポしていくどー！」
画面のテロップが切り替わり、ましろんが描いてくれた悪い顔でドッキリを企《たくら》む私のイラストが表示される。
：かわいい笑
：いい顔してるwww
：凝ってるなぁ
：デフォルメ具合がうまい
：いい仕事するなぁましろん
「んじゃあ早速レポして行こうか！　運営さんにも協力してもらって、シチュエーション的にスケジュールが合ってたライバーを狙ったど！　まず最初のターゲットは――ダガーちゃん‼」
：あー？
：いいねいいね！
：一番騙《だま》されてくれそう
：弟子に手を掛ける師匠サイテー
「――のはずだったんだけどね……実を言うとこれ、失敗しちゃったど……」

：え……
：マジか
：簡単そうなのに？
「申し訳ない……レポートは作って来たので、何があったか、お聞きください……」

少し緊張気味ながらも始まったドッキリの決行日。

シチュエーションを説明する。決行場所は、ライブオンが贔屓《ひいき》にしている某スタジオ。この日、ターゲットはそこで収録があるのだが、運営さんの協力で、事前に別件でシュワちゃんの収録もここで行う予定と聞かされる。このスタジオは、入り口を開けるとすぐ、休憩スペースが目に入るようになっている。ターゲットがスタジオに到着した時、その休憩スペースでビールを飲んでいる私を見てしまう、という算段だ。

ターゲットの収録のお仕事自体は本当にある為《ため》、私がお酒を飲んでいてもおかしくない状況を、本当の中に嘘《うそ》を織り交ぜながら作り上げた。これで即疑われることはないはず。

「よし」

偽《にせ》ビールを構える。ターゲットがスタジオ入りする直前に、運営さんから連絡が来る手はずになっている。

数秒後、入り口のドアが開き始める！

……………………ッ！　来た！

いざ、手元の缶を口元へ傾ける！　持ち方も缶がビールだとよく分かるように持つ徹底具合だ！　後は飲む姿を見せつければ！

口と缶の接触まであと数センチ。――その時だった。

私は――聞いてしまったのだ。

小さく、だがどんな叫びより悲痛な、ダガーちゃんの「ぁ……」の声を。

その瞬間、私の思考は彼女の笑顔を守《まも》らなくてはという想《おも》いで埋め尽くされた。

結果、私は自分でも予想だにしない行動を、無意識にとることになる。

本来であれば口に持っていくはずの缶の飲み口。それを、どういう訳か口元より高く上に持っていき、天に掲げると、そのまま傾け――

「し、師匠⁉」

私は、頭からド派手に偽ビールを浴びていた。

冷たい水分の感触と、シュワシュワとした炭酸の感触が、髪の毛から全身へと流れ落ちていく。

缶の中身が空になる頃には、私は豪雨にでも打たれたかのようにビショビショになっていた。

「ふぅ………………」

「し、師匠？」

「あれ？　ダガーちゃん？　来てたんだ」

その動作をまるで当然のことのようにこなし、今気付いたとばかりにあっけにとられているダガーちゃんに目を向ける。

「うん……あの……な、何してたの？」

「何って、ビールシャワーだけど？」

「な、なんで？」

「ふふっ」

私は妖艶《ようえん》な微笑と共に、天を見上げてこう言った。

「かのイエスは水瓶《みずがめ》に入れた水を葡萄酒《ぶどうしゅ》に変えた。なら私がビールを浴びたら……一体どうなってしまうのかしらね」

「し、師匠……」

「そろそろ時間だから行くわ」

ダガーちゃんに背を向け、ぽたぽたと水滴を落としながらスタジオの奥へと消えていく私。

「師匠……」

その背中を見て、ダガーちゃんはこう呟《つぶや》いたのだった。

「かっけぇ……」

「ってことで、失敗しちゃった……」

：は？

：ごめん理解が追い付かない

：草

：え？　頭からビール被《かぶ》ったの？　なんで？

「なんでって……ダガーちゃんの笑顔を守護《まも》るためじゃん」

：もっと他に手段あっただろ！

：その先もおかしかったような……

：あのウザイ口調なに？

青楚ゼロ

：結局お前がビール浴びたらどうなるんだよ
：なら私がビールを浴びたら……一体どうなってしまうのかしらね（続きはｗｅｂで！）
：スト○○になるんでしょ ￥５０００
「私だってもうどうしたらいいのか分かんなかったんだよ！　ダガーちゃんは喜んでたんだからいいだろ！」
：なんで喜んでんの†ちゃん……
：シュワだけじゃなくダガーちゃんの反応もおかしいから尚更《なおさら》訳分からんくなってる
：悪い人に騙されないか心配になるレベル
：頭悪い人には騙されたな
：イラストで見る限りカッコいいどころかただの間抜けなんだよなぁ
：バカばっか
「あーあーうるさーい！　あんな悲しそうな声聞いちゃったら皆だってこうなるから！　これで終わり！　あ、水で汚した床はダガーちゃんにネタばらしした後、綺麗《きれい》にしました！　以上！　次行くどー！」
ちなみに配信で言うべきことじゃないので口にしなかったが、その後ダガーちゃんの収録が始まるまでの間、少し時間があったので、ダガーちゃんは匡《ただす》ちゃんの件についてどう思っているのかを聞いてみた。

ダガーちゃん曰《いわ》く、当然ライブオンに残ってほしいが、以前の取り乱した姿を思い出すと簡単には踏み込めないらしく、今は匡ちゃんと何気ない話をしたり、少々強引にでも遊びに連れ出したりして、メンタルケアを続けているらしい。

話しながら段々と情けなさが表情に滲《にじ》み出《で》ていたダガーちゃんだが、自分に出来ることを立派にこなしていると思う。私がそう言うと、少しは元気と自信を取り戻してくれたようだった。ちなみに未《いま》だ私の頭はずぶ濡《ぬ》れである。

気を取り直し、企画の続きに移る。

「次のターゲットは……ジャジャン！　エーライちゃんだー！」

：長ですと⁉

：よくあのお人にドッキリなんてやる気になったな……

：怖いもの知らず過ぎだろ……

：ドッキリどころか心肺停止しそうなんですがそれは

：今この配信してるってことはとりあえず生きて帰ってこられたみたいでよかった

ドッキリを仕掛けられたエーライちゃんの反応が想像出来ないのか、ざわつくコメント欄。

「一体どんな反応だったのか……早速レポート行くどー！」

さぁ、いよいよだ。シチュエーションはターゲット通して同じな為、少しは慣れも出てくるかと思うかもしれないが、今回もそう楽にはいかない。

何と言ってもダガーちゃんの時とは明確に違う事がある。それは危険度だ。

大丈夫かな？　防弾チョッキくらい着てきた方がよかったかな？　黒服サングラスのゴリラとか護衛に付いてたらどうしよう……そんな考えが頭を巡る。

段々後悔し始めたその時、ターゲット到着の連絡が届いた！　もうやけっぱちだ！　偽ビールの缶を構える！

ドアが開き始める。その音がやけに重厚に感じられ、背筋が震えそうになる。

前回の失敗を忘れるな！　大切な初回のドッキリ企画、今度こそ成功させてみせる！

そうやって恐怖を押し殺し、近づく足音と共に缶を口に傾け――

「ごくっ、ごくっ！」

の、飲んでやったぞ！　さぁ！　もう見えているんだろうエーライちゃん！　チャカでもゴリラでもゴ〇ドファーザーでもなんでも来いやオラァ！

「あ、おはようございます～」

「ごくっごくっごくっ！　……？」

あれ、無事だぞ？　いやそれどころか、ただ仕事モードのエーライちゃんに挨拶されただけで、何も起こっていないような……。

ぎゅっと閉じていた目を開け、エーライちゃんの方を見る。

だが、そこには誰の姿もなく、代わりに休憩スペースを抜け、奥へと進む扉の前にエーライちゃんの姿はあった。

つまり――ガンスルーであった。

「おい待てぇぇぇぇぇぇぇぇぇ――!!!!!!!!」

慌てて行ってしまいそうになるエーライちゃんを引き留める。

「な、なんですよ？　声がうるさいのですよ～」

「なんですよじゃないわ！　なに素通りしてんだよ！　もしかして缶見えなかった!?　ほら見て！　これなーんだ！」

「ビールです。ちゃんと見えていたのですよ～」

「よかった、見えてなかったら次はビールサーバー担《かつ》いで直飲《じか》みだったから。売り子さんみたいに」

「売り子さんはその名の通り自分で飲む用のビールじゃないのですよ～」

なんだ、ちゃんと認識していたのか。っていやいや！　なら尚更なぜ素通り出来る⁉

「じゃあ私がこれ飲んでるの見てどう思った⁉」

「ぇ……ビール飲んでるな～と」

「エーライちゃん！　この！　私が！　ビールを！　飲んでいるんだよ⁉」

「別に大人なら誰がビール飲もうが勝手なのですよ～」

「心音淡雪《こころねあわゆき》が！　スト〇〇以外を！　飲んでいるんだよ⁉」

「私はスト〇〇しか飲まない酒飲みなんて不自然なのですよ～」

「それはただのヤベーやつなのですよ～」

「あれ？　全部そっちが正論じゃん」

「分かって頂けてよかったのですよ～。それじゃあ私はこれで～」

「うん！　収録頑張ってねー！」

「は～い」

「ってそうじゃなーい！」

危うく説得され、再び奥へ進もうとしたエーライちゃんを見送りそうになったが、慌てて再び引き留める。

「もう！　一体なんなのですよ～！」

「エーライちゃん、私のこと嫌いなの？」

「別に嫌いではないのですよ～」

「でもさ、私がビール飲んでても何とも思わないなんてありえなくない？」

「人は他人が思うより複雑で、更に時間と共に変化していくものなのですよ～。悪事を働いた訳でもない誰かに対して、貴方《あなた》はそんな人と思ってなかったのに！　なんて糾弾するのは、偏見と我儘《わがまま》の押し付けでしかないのですよ～」

「…………………」

「もういいです？　それじゃあ私はお仕事に行ってくるのですよ～」

ドアを開け、奥へと消えていくエーライちゃん。

引き留めることも忘れ、その背中に向けて、私はこう呟いていた。

「かっけぇ……」

「という訳で、エーライちゃんも失敗しちった……」

：またダメじゃねーか
：返り討ちに遭ってて草
：弟子と同じ反応してるやん
：なんでこんなカッコいいのあの園長
：器大き過ぎてスケボー出来そうなんだが？
：途中自分の方がおかしいことに気付くの笑った
「ちなみにその後ネタばらししたら、『くだらねぇのですよ～』って言われました」
：半ギレじゃん
：口調が荒れてるwww
：気付いてなかったってことはマジで速攻受け入れてくれてたのか……
：ちょっとスパチャしてくる
：服従したい
：ガチ従ホイホイ
：ガチ恋より沼深そう
　エーライちゃんのお株が上がり続けるコメント欄。ドッキリとしては失敗だったけど、ターゲットがよい対応をして評価が上がるのもドッキリ企画の醍醐味《だいごみ》だし、これはこれでありだったかななんて思いつつ、企画を進める。

「さて、次が最後のターゲットになります。その名は……ジャジャン！　とうとうあの人に一泡吹かせてみせる！　晴《はれる》先輩だー！」

：オワタ

：絶対うまくいかないじゃん

：全敗ですね

：一泡吹かせるつもりが泡吹いて倒れてそう

：これ球場だったら観客全員萎えて帰ってるからな

「最初に説明した通りシチュ的にライバー選べないんだから仕方ないだろ！　開始前から諦めんな！　途中帰宅したやつが後で逆転見逃したこと知って気まずくなる展開だってよくあるだろうが！　はいレポ始めまーす！」

諦めムード漂うコメント欄だが、実際のところドッキリはどうなったのか――レポートに入る。

晴先輩にはエーライちゃん程の危険度を覚えるわけではないが、その分何をしてくるか分からない恐ろしさがある。同じくスタジオで待機している間、あらゆるパターンを想像してはみたが、私の頭では結局どれも確証には至らなかったので、逆に明鏡止水《しこうてい》状態で挑むことにした。

到着の連絡が入り、少し後にドアが開く。さぁ行くぞ！

「ごくっ！　ごくっ！」

勢いよく喉を鳴らし始めた私。だったのだが――

「あわっちいいいいぃぃぃ――‼‼‼」

「⁉」

突然私の名前を叫びながらタックルしてきた晴先輩に驚き、缶から口を離してしまった。

「ちょ、晴先輩⁉」

「何やってんの‼‼」

そのまま缶を取り上げられてしまう。

「これビールじゃん！　間違ったらダメだろー！」

「え？　え？」

「あのあわっちがスト○○を間違えるなんて、どうしたよ⁉　あ、もしかして疲れが溜《た》まってるとか⁉　ならちゃんと休みとらないとだめでしょーが！」

すごい剣幕で何かを訴えかけてくる晴先輩。それを見て、ようやく私は状況を理解した。

これ、完全に私がスト○○と間違ってビール買っちゃったと思ってるんだな……。

なにこの全幅の信頼度……いや間違ってないんだけどさ、状況が状況だから素直に喜べないんだけど……これドッキリ成功って言えるの？　いっそのことエーライちゃんが言ったみたいに糾弾してくれた方がやりやすかったよ……。

というか、この後私どうしたらいい？　ドッキリのシチュ通り分かってて飲んでるって言うか？　いや、ここは話を合わせる方がいいかな？

「とりあえずこっち来て！」

「うわっ⁉」

対応を迷っていると、その隙に今度は手を引かれ、トイレの個室へと連れ込まれた。

え⁉　何⁉　何⁉

「少し飲んじゃったでしょ‼　それ吐かないと‼」

「ええぇ⁉」

「ほら！　体に吸収される前に早く！」

「いや、あの～ですね……」

便器に嘔吐《おうと》しなきゃと言われ、予想だにしない展開の連続に脳の処理が追い付かず、あたふたと言葉に詰まってしまう私。

それを見て、更に晴先輩は勘違いしてしまったようで――

「あ、もしかして吐き方知らない？　分かった、じゃあ手伝ってあげよう！　あーんして？」

「なぬ⁉」

いくら私でも、飲酒を嗜《たしな》む身として吐き方くらい知っている。指を喉に突っ込むのだ。

それを手伝う？　手伝うって言ったか？　あーんしてってことは、口に晴先輩の指が入ってくるってことだよね？　その指にえずかされ、私は情けなく胃の中身を吐き出してしまうってこと？

それは…………なにかとんでもなくエッチなことなのではないか⁉

なんだそれ、実質イラマじゃん！　ＳＭプレイとなんも変わんないじゃん！

え、いいの？　そんなことが許されていいの？

いやいや流石《さすが》にダメだろ！　私が吐くのも晴先輩の手を汚すのも！

もうドッキリとしては十分！　ここでネタばらしだ！

「さ、目を閉じてあーんして？」

「あーん」

性欲に負けた。後悔はあるがそれも気持ちいい。

だって目を閉じてとか言われたら、ちょっとドキッとしちゃったし……。

「よしいい子！　んじゃいくよー！」

目を閉じ、両手をぎゅっと握りしめ、大きく口を開ける。

リスナーさん、運営さん、ごめん。私は……イクよ。

「よっと」

「あぇ？」

そうして欲望に身を任せた私だったのだが……晴先輩の指の感触は口の中に僅かにしか残らず、代わりに何か小さなものの感触が残った。

目を開けると、既に晴先輩は手を引き抜いている。

⁇　謎の物体が邪魔してうまく呂律《ろれつ》が回らなかったが、不思議に思ったので聞いてみることにした。

「はれるしぇんぱい？　こりぇなんでふか？」

「コオロギ」

「おぇ☆レインボースプラッシュ☆」

「というわけで、入れられたのは食用コオロギだったとさ」

：大草原　￥50000

：wwwwww

：えええ……

：なんでコオロギまだ持ってんだあの人

：どうしてそうなる!!!!!!

「いや私もその後問い詰めたって！　そしたら」

「なんでコオロギなんて入れたんですか!!!!」

「え？　以前コオロギで吐いてたから、これが一番楽かなって思って……」

「じゃあなんで目を閉じてなんて言った!!!!」

「口に入るまでに見えちゃうの抵抗あるかと思って……あの、なんか怒らせちゃったかな

……ごめんなさい……」

「いえ、よく考えればドッキリ仕掛けた挙句性欲に負けた私が全面的に悪いです」

「へ？　ドッキリ？」

「ってなったから全面的に私のせいだよね」

：ほんまや
：よく分かってんじゃん
：ハレルンなんも悪くなくて草
：それだけシュワちゃんがスト○○好きって言ってたの信じてたってことだしな
：コオロギ持ってるのはいいんだ……
：少なくとも性欲に負けたのは全く擁護できん笑
：吐かされるのがエロいってなに？
：俺は分かる
：王道なんだよなぁ
：その王の道へリオガバルスとかの道じゃない？
：性癖なんて多種多様なんだからこんなの普通よ、ライブオン見てたらよく分かる
：イクよじゃないんだわ

：そんなんだから吐くことになるんだよ
：一泡吹かせるはずが一ゲロ吐かされてて草
：泡じゃすまなかったか……
「ごめんなさい……てかこれ皆どう思う？　一応騙《だま》せてはいたみたいだし、驚いてもいたから、ドッキリ成功かな？」
：んなわけねぇだろ
：大失敗だろ
：むしろドッキリくらってたような……
：帰った後更にぼろ負けしてて笑っちゃうレベルだわ
：そもそも仕事場で酒飲んで疑われないことを恥じろよ
どうやらダメだったようだ。うん、分かってた！
「はい。という訳で、私の渾身《こんしん》の初ドッキリ企画は、全部失敗で終わりましたとさ……悔しい！　悔し過ぎる！　という訳で私——憂《う》さ晴らしにもう一つの初めてにドッキリをしちゃうことにしたどー！」
：え？
：もう一つ!?

：どういうこと？

「ライバーには初めて使っちゃったからー、次のターゲットは……リスナーさんだー!!」

：!?!?

：はい!?

：え、それ言っていいの？

：まさかもうドッキリ仕掛けられてる!?

「ふっふっふ、企画の最後に聞いて驚け――実はこの配信――シュワちゃんじゃなくあわちゃんがお届けしていましたー!!　乾杯したのも例の炭酸水でーす！　清楚《せいそ》な私があんなはっちゃけたこと言ってたなんて、ビックリさせ過ぎてしまったかもしれませんね！　バレていなかったみたいですし、ドッキリ大成功――!!!!」

声色も口調も一瞬にして清楚に切り替え、自信満々に発表した私ことシュワちゃんではなくあわちゃん。

それに対し、リスナーさんの反応は――

：は？

：へー

：あっそ

：なんか違うの？
：最近のお前境目だいぶ曖昧になってるだろうが
：初期ならまだしもね……
：自分に自信が出た結果やろね。まぁ今大スベリしてるけど
：体張ったドッキリで滑るとか最悪じゃん
：**これでいい？　￥1000**
：清楚が変なこと言ったらビックリするけど、変人が変なこと言ってもだれも驚かんのよ
：よっ！　名物清楚芸！

「あははは！　皆様ビックリ！　それではまた淡雪《あわゆき》の降る頃にお会いしましょうーー！（泣）」

ドッキリの難しさを知った企画なのだった。

三期生対抗体力バトル

「三期生対抗体力バトル‼‼」
「イェ――――イ‼‼」

「お酒なんて飲んでいるわけないので運動は問題ありません！」

「私ね、争いごとはよくないと思うの」

「はい、テンションマックスの光《ひかり》ちゃん、コンプラが気になる清楚系のあわちゃん、世論を盾に身を守ろうとするちゃみちゃん、それぞれ愉快な自己紹介ありがとう、競技者兼司会進行の彩《いろどり》ましろです」

：三期生の完全オフじゃないですか!!

：イエ――――イ!!

：３Dだあああああああ!!!!

：あわちゃん、何を焦《あせ》っているのかな？

：ちゃみちゃんが運動するのほぼ見たことないはずなのに最下位の姿が見える不思議
：**カオス挨拶ノルマ達成　¥３３３３**
　はい！　というわけで今回は三期生全員集まってのオフコラボとなります！

　しかも今回は、以前から実用化されていた３Dモデルによる配信！　私達が動けば３Dモデルも一緒に動く！

　うんうん、やっぱりこうやって同じ空間で過ごすと、生の空気感があっていいものだね。

オンラインはすごく便利だけど、絶対にオフでしか出ない空気感ってものがあるんだよなぁ。

ほら！ 匂いだってなんか女の子って感じするから！ いつもの匂いとは大違い！

やべ、今『いつも』って思った時にスト○○の匂い浮かんでたわ。私にとってデフォルトの匂いスト○○になってるわ。

ダメだダメだ、今日は清楚で酒の匂いなんて一切なしで行くんだ！ なんたって今日の企画は――

「企画説明ー。今日はせっかくオフで集まったということで、皆で健康的な運動を楽しみましょう」

「光が提案したんだよ！」

「私は反対したのよ？」

「僕が言えた話でもないけど、ちゃみちゃんはもっと運動した方がいいよ」

「ううう……反論出来ない」

「あわちゃんもね」

「私は何も言ってないです……」

い、今もたまーにロングフィットはやってるから……ごくたまーに……。

「説明続けるね。今回、皆には運営さんに選んでもらった各運動競技でバトルをしてもらいます。各競技同一で一位には10、二位には5、三位には3、四位には0ポイントが与えられ、点数を競い合います」

「はいはい！」

「はい、なんですかあわちゃん？」

「これ絶対罰ゲームとかあるやつでしょ！　ちゃみちゃんの言う通りバトルとかやめて、運動は強度を自分に合わせて楽しむのが一番だと思います！」

「配信の為《ため》です」

「…………」

「あれ？　黙っちゃった」

「光ちゃん、あれがライバー業に人生を懸けた者の姿よ」

　ワタシ　リスナーサン　タノシマセル。

「とも思ったんだけど、罰ゲームは光ちゃんがわざと負ける危険性を考えて、運営さんとの協議の結果、なしとなりました」

「え、本当ですか？」

「や、やったぁ！」

「ッ!?　そ、その手があったかぁっていやいや、勝負は真剣じゃないとな、うん！」

意外にも優しい展開が来て困惑気味ながらも喜ぶ私とちゃみちゃん。

でもね、光ちゃんはなんで感心しそうになってるの？　昔はそんな子じゃなかったでしょ？　変わらず純真でいい子ではあるけど、迷惑掛けずに得られる快楽の為なら変な知恵が働くようになってきてて、最近私直視出来ないよ？

返せ！　以前の快楽なんて言葉知らなそうな光ちゃんを返せ！

返せよ私ぃ‼　うわあああああああああああぁぁぁ——‼‼‼‼

「なので罰ゲームはありませんが、代わりにポイント一位の総合優勝者には一つ、同期になんでも言うことを聞かせる権利をプレゼントします」

「「「⁉」」」

は、はあああぁぁぁ⁉⁉⁉⁉

「ちょっと待てぇ！　それじゃあ意味ないですから！　光ちゃんは私達の中じゃフィジカル強者なんだから優勝しちゃいますって！　絶対勝者とは思えないなっさけないマゾ懇願してきますって！」

「大変よ！　光ちゃんが準備運動し始めたわ！」

「それはさっき皆でやったでしょうが！　ましろん、今からでも遅くない、考え直しましょう！」

「配信の為です」

「それなら仕方ないか」

「淡雪ちゃん、私は尊敬するわよ」

Vが運動だけで魅せるって難しいもんね、うんうん（泣）。

少なくとも光ちゃんには絶対に負けられなくなってしまった……。

：健康的な運動になる気配０で草

：負ける為に戦う女

：かっけぇ、ザ・ボスかな？

：ド・エムだよ

：スト〇〇無くても配信者魂は常にガンギマりなの推せる　￥22000

「はぁ、運動は自信ないんだけどなぁ……」

「大丈夫ですよちゃみちゃん。健康的な運動って運営さんにお願いしたじゃないですか。何よりここは体育館ではなくただのスタジオ、可能な運動の強度には限界があります。あまりにもきつかったり変だったりな種目は来ないと思います」

「そうだといいけど……」

そう、今回の会場は走り回れる程広いわけではない。私があまり嫌がっていなかったのも、恐らく激しい運動は来ないだろうと睨《にら》んでいるからだ（光ちゃんのせいでそうもいかなくなったけどね……）。

ちょっと裏事情になると、いくら3Dとはいえ、運動とVTuberってあんまり相性がよくないから、せめて違和感を減らす為に走り回るような種目はやめようという方針もあったようだ。

「よし、それじゃあ皆準備はいいかな？　早速第一競技を発表するよ。僕もまだ知らないから、運営さんから競技が書かれた紙を貰《もら》う流れだね。あっ、ありがとうございます」

さぁいよいよだ。ましろんが運営さんから渡された紙を広げる――

「第一競技は――筋力を競う『腕相撲』だね」

発表された競技に、少し私達の間にどよめきが走る。

「意外と普通……ローション相撲とか来ると思ってました」

「淡雪ちゃん!?　さっきと言ってること違うわよ!?」

「よっしゃあ！　これは光が一位貰っちゃうよ！」

体力的にも全然楽な競技だし、ライブオンにもまだ良心があったか。

「えっと、運営さんから一言メモ『合法的に手を繋《つな》げるっていいですよね』だってさ」

ただのキモい趣味かよ。

「よかったねあわちゃん」

「え、なんで私に話振るんです？」

：淡雪ちゃん競技見た!?

：あわちゃん、実質SEXおめでとう！

：プシュ！

：悪意のある祝福が清楚《せいそ》（酒）を襲う
：日本酒かな？

：あわちゃん、オフでセクハラは牢獄《ろうごく》行き案件だから気を付けてね
「コメ欄も悪ノリしない！　捕まらないですよ聖《せい》様じゃあるまいし！」

「そうだよ、あわちゃんにそんなこと言わないであげてほしいな」

「おや？　なぜか原因から救いの手が」

「刑務所に就職するだけだもんね」

「本当に言い方だけかよ」

そんなこんなで2人でトークを繋いでいる間に、運営のスタッフさんとちゃみちゃん、光ちゃんの協力で腕相撲の準備が整ったようだ。

「細かなルールの説明に入るね。相手の拳を、机の上に左右に置いたクッションの内、相

手側のクッションに着けたら勝ち。肘を机から離すのは禁止。総当たりだと時間がかかるから、トーナメント戦でやるよ」

ふむ。まず二組に分けて各勝負、次にそこで負けた者同士2人で三位決定戦、最後に勝った者同士2人で決勝戦をする形式のようだ。

なるほど……これは一回戦で当たる相手から結構重要だな。

「組み合わせはグッパで決めて、だって」

ちゃみちゃんとましろんはなんとかなりそうな気がするけど、恐らく強いであろう光ちゃんと初戦から当たるのはまずい。一位は厳しいとしても二位でポイントを稼ぐんだ！

このグッパから勝負は始まっている、気合い入れていくぞ‼

「うん、あわちゃんは光ちゃんと、僕はちゃみちゃんとだね」

「ワ〇ピースの正体私だったりしないかな」

「ほらあわちゃん、ふてくされてないでこっち来て。一回戦はあわちゃん対光ちゃんだよ」

……やったぜ

：ちゃみちゃんとましろんは一安心って感じやな
：それふてくされてるんだ……
：俺は全巻セットのことだと思ってる（ひとつなぎだけに）
：絶望する淡雪《あわゆき》ちゃんの陰で光《ひかり》ちゃん妙に艶っぽい声出てたけど大丈夫かな……

くっ、もうこうなったものは仕方がない！　全力で光ちゃんを倒しに行くぞ！　ここでお祓《はら》いとか行った方がいいかもしれない……。

気合いを入れ直してポジションに着く。

勝てばその分リターンだって大きいんだから！

「あの……淡雪ちゃん」

「はい？」

勝負前だというのに、らしくないやけにしおらしい態度でちょこちょことポジションにやってきた光ちゃん。

そして視線が床と私の顔を行き来した後、はにかみながら頬を赤らめ、媚《こ》びるような上目遣いで、これから訪れるナニカを想像したのかゾクゾクと体を震わせながら、私に手を差し出した。

「よ、よろしくお願いします///」

「大変です‼ 光ちゃんがメス豚の顔になってしまいました‼」

「すごいたとえするね」

「どんな顔よ……」

だっておかしいもん！ ただのメスの顔とかだったらまだかわいいけど、この光ちゃんはなんか危ない雰囲気がするんだよ！

そもそもさ！ いつもの光ちゃんだったら「負けないぞー！」とか言ってるところじゃん！ 私は一体なにをよろしくされてるんだよ！

くっ、まずい、勝負前から取り乱し過ぎだ、集中しないと！ ここで勝たないと本当に光ちゃんによろしくするハメになるかもしれないんだから！

……………うん、オーケーオーケー。落ち着いた。

勝負開始前まで誘導される。どうやら審判役もましろんが務めるようだ。

「ヨーイスタートで始めるからね。さぁ、手を組んで」

「…………」

「ぁっ///」

気にするな気にするな気にするな！ いっそのこと目を閉じてやる！

「ヨーイ…………スタート‼」

「ふぐぐぐぐぅぅぅぅ‼‼」

開幕から渾身《こんしん》の力で相手の腕を倒しにかかる。

おお？　すぐに負けちゃうかもとか正直少し思ってたけど、十分戦えているぞ！　いや、むしろ押している‼

いいぞいいぞ！　どんどん倒してる！　あと少し！　あと数センチ倒せば私の勝ち！

実況役になっているましろんとちゃみちゃんも言ってるから間違いない！

「ふぐぐぐぅ‼」

あと少し！　あと少し！

………………あれ？

本当にあと少しのはずなのに、そこから先が全く倒れないぞ？

不審に思い、私は目を開けた――

そう開けてしまった――

「あっ、あぁん♡　あ、淡雪ちゃん、もっと、もっとぉ！　あはぁ♡　もっと力こめないとぉ光は倒せないよ？　そ、そうだ、爪を食い込ませるのとかどうかな？　それくらいしないと光は倒せないんじゃないかな？　はぁ！　はぁ‼」

「いやぁあああああぁぁぁ――‼‼‼‼」

その後、筋力でも精神面でも完敗した私なのだった。

第二回戦・ましろんVS.ちゃみちゃん。審判兼実況サポート役はましろんの代わりに私が務めることになった。

実況は光ちゃん。

「手を組んで」

「ふふっ、僕は運に恵まれたようだ」

「わ、私だって腕相撲くらい出来るんだから！」

ましろんがちゃみちゃんに煽《あお》りを入れている。これはましろんが勝つ気がするなー。

「ヨーイ……スタート！」

「っ！」

私の掛け声で、両者共に力を込める。

そしてましろんが優勢に……ってあれ？

「ふぐ、んぐぐぐぅ！」

「あ、あら？」

なんか、やけに拮抗《きっこう》しているような……。

いや、むしろ必死な表情なのはましろんの方で、ちゃみちゃんは今の状況に困惑気味？

「⁇　よいしょ」

「あっ！」

不思議そうにしながらもそのままちゃみちゃんが本気の力を込めると、ずるずるとましろんの腕が後方に傾いていき――

「……勝者、ちゃみちゃん！」

「や、やったぁ！」

そのまま当然のように勝敗がついたのだった。

「ジ――――」

喜ぶちゃみちゃんとは対照的に、気まずそうにそそくさとポジションから離れるましろんを凝視する。

「…………なに？」

「僕は運に恵まれたようだ、でしたっけ？　ぷぷぷ」

「僕が今穿《は》いてるパンツその口に突っ込むよ」

「エエェッ⁉　ヹッ⁉　エッ⁉　ヹヹエェ⁉⁉」

「ふっ」

「ちゃみちゃんすごい！　全然運動も出来るじゃんか！」
「ありがとう光ちゃん！　全部最下位になるかもとか思ってたから嬉《うれ》しいわ！　このまま優勝まで行っちゃおうかしら！」
「お、言ったなぁ？　じゃあ次は超全力の光が相手になるからよろしくね！」
「あ…………」
：ちゃみちゃまに懸賞金　￥30000
：パンツの詳細お願いします
：ちょっと発想がフェチ気味なのは絵描き故か……
：淡雪ちゃんの反応が童貞っぽいwww
：ちゃみちゃん無意識に最強の相手煽ってて草
：早くパンツ突っ込め。あと創作でよく見る『○○だが、それはまた別のお話である』もそれを見せろ
調子に乗ると痛い目に遭うことが証明された戦いであった。
尚《なお》、ましろんにからかわれた恥は、次戦の三位決定戦で手の感触を楽しみながら圧倒して返してやった。ふふん。

決勝戦・光ちゃんVS.ちゃみちゃん。

審判兼実況サポートはましろん、実況は私だ。

試合前に軽くましろんと雑談を交わす。

「むぅ、一回戦から光ちゃん優勝はまずいですね……」

「確かにちゃみちゃんが筋力で勝てるとは思えないもんね、僕も出来ることなら総合優勝したいし……そうだ！　ねぇあわちゃん」

「はい？」

「ちょっといいこと考えたから聞いて」

ましろんが耳元で何か囁《ささや》いてくる。

「……っ！　な、なるほど！　それいけるかも！」

「でしょ？」

「2人共何してるのー？　こっちはもう準備出来てるよー!!」

「おっとごめんごめん、それじゃあ手を組んで」

ましろんが試合開始を告げる前に、私はとある位置に可能な限り自然に移動する。

「ヨーイ……スタート！」

「うりゃあああぁ‼」

「くぅ……」

勝負が始まると同時にちゃみちゃんが押され始める。ここまでは失礼ながら予想通り。

だがここで私が動く！　さっき移動していた場所はちゃみちゃんの隣！　そしていざ狙うのはちゃみちゃんの耳元！

「がんばれ♡　がんばれ♡」

「はあぁん⁉⁉」

「おおっと！　ここであわちゃんがちゃみちゃんの耳元で甘い声を出し始めた！」

「え、えええ⁉⁉」

そう、これがましろんから伝えられた名案！　ちゃみちゃんの性癖刺激作戦だ！

「そ、そんなのありなの⁉」

「ありなんじゃないかな。だってほら、あわちゃん実況してるだけだし」

「がんばれ♡　ちゃみちゃん押されてるぞ♡　押しかえせ♡　がんばれ♡」

「た、確かに実況かも……あ、でも、中立的じゃないのはダメじゃないかな！」

「いや、あれは耳元で言ってるだけで、応援は光ちゃんにも言ってるから」

「そーだったのか‼」

ましろんの雑過ぎる強硬論に簡単に屈した光《ひかり》ちゃん。こんなにいい子なのにどうして私の時はあんなだったの……。

「がんばれ♡　がんばれ♡」

「はぁ、はぁ、はあぁぁ!!」

「うおぉぉ!?　なんだこの力!?」

「ちゃみちゃん持ち返したぞ♡　あと半分♡」

あれだけ押されていたちゃみちゃんが驚異の底力で押し返し始める！

……計画通りだけど、荒い呼吸と血走った目は気にしないことにしよう、うん。

：出たな淡雪《あわゆき》ちゃんの秘義覚醒開花

：なんだこの展開……

：力は筋力∧性欲なの流石《さすが》ライブオン

：やっぱり人間じゃねぇだろこいつら

：にんげんってい○なからギリ範囲外判定されそう

：実況とは

：あわちゃんそんなエッな声出せたんだね

：普通にいい声でイライラしそう

……あの、最初は勢いで気にならなかったけど、なんか続けてたらぁそのぉ……段々恥ずかしくなってきたんですけど。何してんだ私……。

羞恥の念に駆られ、助けを求めるようにましろんに視線を向ける。

「ん？　どうしたのあわちゃん？　応援してあげないとちゃみちゃん負けちゃうよ？（にやにや）」

こ、こいつぅ⁉　私への更なる仕返しも計算済みか⁉⁉

くっ、やめたいけど、ここまでやって作戦失敗も納得がいかない。あと少しでちゃみちゃんの勝ちだし、ラストスパートやってやる！

「がんばれ♡　がんばれ♡」

「はぁ、はぁ！」

「くぅぅきっつぅ‼」

もうちょっと！

「がんばれ♡　がんばれ♡」

「はぁ、はぁ、はぁ！」

「くはっ、光が……負けそうだなんてぇ！」

よし！　あとほんの少し！　これで終わりだぁ！

「いけ！♡　いっけぇ！♡」

「はあぁぁぁぁぁんんん（ビクビク）‼‼」

「「え？」」

最後に私が渾身《こんしん》の応援をすると、ちゃみちゃんは極限まで伸ばされたゴムが弾《はじ》かれたかのように、押していたはずの光ちゃんに瞬殺されたのだった。

突っ伏したままビクビクと震えているちゃみちゃんを除き、困惑が場を支配する。

「え、あれ？　あっ、しょ、勝者！　光ちゃん！」

「はぇ？　勝てた？」

「…………………」

未《いま》だ困惑を隠せない2人を尻目に、段々と状況を理解してきた私は、無言のままちゃみちゃんの両肩に手を添える。

そして思いっきりその体を揺さぶった‼

「おいぃー‼　何土壇場《どたんば》で力抜いてんですか‼　あとちょっとで勝てたのにぃ‼」

「だ、だって、ぜぇ、はぁ、あ、あんなにエッチな応援されたら負けるしかないでしょ‼」

「意味分からんこと言うなぁ‼　私の恥を返せえええええぇぇぇ――――‼‼」

：大草原　￥10000
：本当になんだこの展開……
：ちゃみちゃんがイッた（二重の意味で）
：エロい展開かもしれないのに全く興奮しない……
：毎度エロを笑いで隠してくるスタイルやめろ
：淡雪ちゃんの応援ボイス販売待ってます！
：すみません、パンツの詳細まだですか？
：腕相撲だけでこれだけ盛り上がれるの尊い

最終的に腕相撲は、一位・光ちゃん、二位・ちゃみちゃん、三位・私、四位・ましろんの結果で終わったのだった……。

「第二競技は——柔軟を競う『リンボーダンス』だよ」

次の競技の発表に、腕相撲の時と同じくまたもや私達の間に動揺が走る。
だが、それは驚きというより、やはり困惑のニュアンスが強いものだった。
だってリンボーダンスってあれだよね？　バラエティとかでたまに見る体を反らしてバ

ーをぐるやつ。

「これも運営さんから一言。『怪我《けが》に気を付けてください。本当に気を付けてください』だって」

「大丈夫ですかそれ？　リハーサルで犠牲者出ていません？　腰かな……」

「でも、腕相撲に比べたら変わり種だけどまだ普通よね……なんだか勘ぐってしまうわ」

「ふっふっふっ、光は知っている。実はバーに100万ボルトの電流が流されていることを！」

「あーそういうことですか」

「怪我に注意って言ってたものね。デスゲームってやつね。嫌だなぁ……」

「そうなんですか？　あっ、運営さん全力で首振ってるから違うみたいだよ」

：なんでリンボーダンスを疑って死の舞踏には納得してるのこの人達？

：嫌だなぁじゃないんだよ今すぐ逃げないとダメなんだよ

：ネタ……？　いや素で納得しかけていたような……

：100万ボルトでも用意されたら本当にやる覚悟持ってそうだから三期生やばい

：とうとうそこまで常識が狂ってしまったか……

：昨日年号が『ライブオン』になって緊急事態宣言が発令される夢見ました

正直場所的に激しい運動は無理でも変な運動は来ると予測していたので、二回続けて普通の競技が来て驚いた。一体何が起こっているんだ？

……まぁ悪いことではないしいっか。

ましろんとのトーク役は光ちゃんに任せ、ちゃみちゃんと2人でセッティングしている運営さんの手伝いに回る。

「うげぇ、柔軟かぁ……」

「あれ？　もしかして光ちゃん体硬い？」

「うん……柔軟はあんまりで……」

「らしいっちゃらしいけどね。僕達にとってはチャンスになりそうだ」

よしっ！　セッティング完了！　一旦退出していくスタッフさん達に頭を下げ、定位置に戻る。

「それじゃあ詳細なルール説明に入るね。リンボーダンスということで、皆さんには設置されたバーを体を反らすことで潜ってもらいます。体を前にして屈《かが》んだり、手やお尻が地面に付くのはアウト。まず100cmから始めて、5cm刻みで縮めていくよ」

「こう見ると……100でもかなり低くありませんか？」

「しかも未経験でぶっつけ本番よね、少し怖いわ……」

「光無理かも……い、いやいや！　最初からそんなこと言ったらダメだよね、うん！」
：ひっく
：あわちゃん前に開脚しようとして体からエグイ音出てたから気を付けてね……
：試しにやったら1㎝潜れたわ
：さてはおめぇ某ネズミ狩りのトムだな？
：ここでネズミじゃなくて猫の方を連想するのさすトム
：ネコは液体だからね
：じゃあネコマーは汚水ってことかぁ
：本人の知らないところで不憫《ふびん》猫が加速した……
「じゃんけんで負けた人からやっていこう」
怖がっていても仕方ないので、ましろんの誘導でじゃんけんをする。
結果、ちゃみちゃん、私、ましろん、光ちゃんの順番でやることになった。よかった、流石に今回は運が向いたか……。
「じゃ、じゃあ行くわよ……」
早速一番手のちゃみちゃんが探り探りで体の反らし方を試行錯誤しながら、ゆっくりとバーに近寄っていく。

「……なんかさ、僕これ好きかも」

「はい？　何がです？」

「こうさ、情けなく足を広げながらさ、腰を前に突き出して体を反らして……エッロ……」

「ましろん？」

「顔もさ、不安そうな感じがさ、ポーズが近いのも合わさってなんらかの罰で強制的にポールダンスやらされてるみたいで……いぃ……」

「だめだこれ、脳内が栗《くり》の花で満開になってる」

「帰ったら絵にしようかな。そういうジャンルの開拓もありかも」

「ニッチ過ぎて流行《はや》らないですよ」

「あわちゃんそれ人格排泄《はいせつ》の前でも同じこと言えるの？」

「清楚《せいそ》なのでそんなもの知りませーん」

「こら！　変なことばっかり言わないで！　くぐるのに集中出来ないでしょ！　応援とかにしてよ！」

「ちゃみちゃん！　がんばれ！　がんばれ！」

「あっ、光《ひかり》ちゃんそれはさっきの思い出して力抜けるからやめてぇ‼」

墓穴を掘って少し危うい場面はあったが、ちゃみちゃんはギリギリでバーをくぐることが出来たのだった。

：ましろん!?
：癖に当たったか……
：やっぱクリエイターっすね……
：何が常識人だよ！
：**失礼な、ましろんとダガーちゃんはもののけサーの姫だぞ　￥１０００**
：サークルがタタリ過ぎる
：栗の花ツッコミも清楚なようで清楚じゃないからな！
：まさか、ネコマーは人格排泄の結果だった？
：まだ止まらなくて草
：本人知ったらいい悲鳴あげてくれそう
：成功してる！
：すげぇ！
：出来るものなんだなぁ
「うぎぎ……ッ！　出来ました！」

「よっと」
その後、私とましろんも危なげなくクリア。
最後は柔軟はあんまりだと言っていた光ちゃんの番だ。
「こ、心と体の仲が悪い……」
独特な言い回しをしているが、要するに光ちゃんは１００㎝の時点で体の柔軟に限界を感じ、行動に移すことが出来ないでいた。
色々と試行錯誤はしているのだが、いざ本番時にはギリギリでバーから体を引いてしまう。それを繰り返している。
::光ちゃんwww
::ち○かわみたいなこと言ってる……
::心がふたつある（あわとシュワ）
::どっちが淡雪《あわゆき》だか分からなくなっちゃった！
::そいつは二つやない、表裏なだけや
::なんかチ○コが生えていそうでかわいいのかよく分からないやつ
「多分運動神経がいいだけに、出来ないことが寸前で予測出来てしまうから、体を引いてしまうんだろうね」

「私には一生分からない感覚ね……」

「ふむ……そうだ、こんなのはどうでしょう？」

このまま怖がっていても埒《らち》が明かない。そんな時、ちょっと面白そうなアドバイスが思いついたので、光ちゃんに提言してみることにした。

「光ちゃん！　こういう時は楽しむことが大切ですよ！　たとえば、そのバーをバイオハ〇ードに出てくるアレに見立てるのはどうでしょう？」

「バイオハ〇ードのアレって？」

「ほら！　狭所《きょうしょ》でレーザーが迫り来るのを避《よ》けるやつですよ！」

「あー！　サイコロステーキ製造機か！」

「そうそれ！」

「ちゃみちゃん、アレってそんな名前なの？」

「正式名知らないけど違うことだけは分かるわ」

「リンボーダンスなのでバーが迫り来るわけではありませんが、自らの前進をそれに見立てることで、心理的に逃げ場をなくすんです！」

「なるほど！　じゃあさじゃあさ、淡雪ちゃんがバーを光の方まで動かしてよ！　その方がバ〇オっぽい！」

「あー……ルール的に大丈夫ですかね？」

「運営さーん……ＯＫみたいだよ」

「よし！　それじゃあ任せてください！」

私の提案を素直に実践し始める光ちゃん。バトルだから敵同士でもあるわけなのに、本当にいい子や……。

なんだか勝たなきゃいけない私まで成功を祈っちゃうよ。

そんなことを思いほんわかしながら、いざバーを光ちゃんへ迫らせたのだが――

「くっ、来る……ぎゃあああぁぁぁ⁉⁉　死ぬ⁉　死ぬうゔゔぅ⁉⁉　たすったすけてっじにだくないっ！　誰かだすげでえぇぇ――‼　ひ、ひぃぃぃぃ⁉⁉　いや、いや、いやあああああああぁぁぁぁ――‼‼‼‼」

「……あの……なんかこのリアクションは予想外なんですけど……。

「……あわちゃん、まさかこれが見たかったの？　ドＳどころの話じゃないよ？　少しは自制しなよ」

「ちちち違う違う‼　もっとゲームとか映画感覚で楽しんでもらえるかなって思っただけなんですよ‼　本当なんですよぉ‼」

「こ、これ大丈夫なの？　事件性があるとかの次元じゃなくてもう事件真《ま》っ只中《ただなか》じゃない？　ヨーチューブにBANとかされないかしら……」

「え、エロじゃないからそれは大丈夫かと……」

：普通に背筋ぞっとした
：こんな時まで本気なのブレねぇなぁ……

：生死の狭間《はざま》そのものなのよ
：音声だけ切り取ったらマジでアカンやつ
：淡雪……お前マジか……

：本当にデスゲームにしてどうする！

「ッ（バタリ）」

「「あ」」

　そんな喧騒《けんそう》の中、光ちゃんは迫り来るバーをくぐることが出来ず、バーに体が触れた瞬間その場に倒れこんだのだった。

「光ちゃん、チャレンジ失敗！」

　ましろんが判定を言い渡した後、慌てて光ちゃんに近寄る。

「だ、大丈夫ですか？　すみません変なこと言って……」

「あ、淡雪ちゃん」

「はい？」

「痛いのは気持ちいいけど……死ぬのは気持ちよくなかった……」

「痛いのも気持ちよくないですよ」

「痛いのは気持ちいい……」

これだけの恐怖を体感してもそこは譲らないのかよ。

その後も続くリンボーダンス。５㎝ずつ低くなるバーに圧を感じながらも、私達は競技を進めていった。

その結果――

「ぃやんっ！」

ちゃみちゃん、妙に色っぽい声を出しながら90㎝で失敗。

「ぁひんっ！」

私、ちゃみちゃんの色っぽい声の原因が分かりながら85㎝で失敗。

つまりこの競技の勝者は――

「いぇーい、僕いっちぃー」

85㎝すら余裕でクリアしたましろんということになる。

「え、やばー。真面目にちょっと嬉《うれ》しいかも。一個も一位取れないかもなーって正直思ってたからさ」

ちょっとどころか相当嬉しいのだろう、珍しく軽くぴょんぴょん跳ねてまで喜びを表現しているましろん。

だが……私とちゃみちゃんはそれを心から祝福することが出来ないでいた。それどころか祝福しようとした光ちゃんの口を手で封じてまでいる。

いや、ポイントをとられたからとかではないよ？　ましろんさっき最下位で悔しそうだったし、これだけ喜んでいるのだから普段なら拍手しているところだ。

ただ……あの……さっき言及した声の原因がですね……。

「んふふ、順位は確定したけど、もうちょっとチャレンジしてみよっかな。次は80で」

「い、いやーましろん？　それはやめた方がいいんじゃないかな？」

「大丈夫だって85も余裕だったし。…………ほらクリア出来た！　ドヤー！」

あぁあぁあぁあぁ……。

「もう一個下もやってみよっかな」

「ま、ましろーん？　そのくらいにした方が……」

「あう、流石《さすが》にだめか」

75㎝まで下げてようやく失敗し、満足したのかバーから離れるましろん。

「ごめんごめん、ちょっと楽しくなっちゃって……ん？」

ましろんが司会をする定位置にはコメント確認用のPCもある。だが現在、ましろんがそこに戻るまでの道に、私とちゃみちゃん、そして無理やり連れてこられた光ちゃんで壁が形成されていた。

「ごめん、ちょっとコメントとか確認したいからさ、PCの前開けてもらっていい？」

「い、いや、それはちょっと……」

「そ、そうねー！　もう次の競技に行った方がいいんじゃないかしら？」

「むぐぐぐぐぐぐ!!!!」

「えー？　せっかく一位とったんだからコメント見せてよ。よっと」

「「あ」」

その賢い頭脳で隙のあるコースを選び抜き、小柄な体で身軽に私達を突破したましろんは、PCの前に立ち、その画面を見た。

そう、見てしまった――残酷すぎる真実を――

：あ、ましろんやっぱり得意なんだね！

：胸部のボリュームが……（小声）

：柔軟競ってるのに硬いのが勝ってて草

：ましろん！　まな板が報われてよかったね！
：やっぱ突っかかるものがないもんなぁ
：これぞ機能美
：そのアドバンテージ卑怯《ひきょう》じゃないっすか？　ｗｗｗ
：ましろんかわいいね（色んな意味で）

「――――――――」


コメント欄を見てしばしの間呆然《ぼうぜん》とするましろん。

やがて私達の方に顔を向けた時には、その顔は感情の一切読めない無表情になっていた。

こ、これはまさか――

「おい――全員正座」

「ましろん⁉」

「なんで私達まで⁉」

「はーい！」

ば、バチバチにキレていらっしゃる――‼

「釈明を聴こう。あわちゃんから」

「えっ⁉」

「早く」

「いやあの、その……すっ、3Dゲームが主流になってもまだ2Dゲームの人気って根強いじゃないですか？　あはは……」

ごめん、逆に油を注いだかもしれない……。

「……ちゃみちゃんは？」

「さ、山地より平地の方が豊かになるものよ？」

こういう時のちゃみちゃんには期待するだけ無駄である。

「最後、光《ひかり》ちゃん」

「大きいと防御力が高い！　小さいと回避力が高い！　つまりどっちも強い‼‼」

これが一番ましかもしれない時点でもうダメだ……。

「……あははは、皆相変わらず面白いこと言うね、座布団《ざぶとん》千枚！」

「あ、あれ？　ましろん笑ってる……」

「た、助かったのかしら！」

「たかいたかーい！」

よかった……と安心したのも束《つか》の間《ま》。

「ふぅ。それじゃあ運営さん。こいつらの座布団全部持ってって」

「落下死するわ！」
「やっぱりダメよねぇ――‼」
「今こそ落下ダメージキャンセルの腕を見せる時！」
そう甘くはないのだった……。
：正直ましろんは小さいほうがすこ
：貧乳はステータスであり付加価値であり、アドバンテージである
：実際巨乳のましろんはもう想像できない
：なんか胸の話抜きにしても今日のましろんテンション高い気がする
：三期生が側にいるからかな？　だとしたらてぇてぇなぁ……
リンボーダンスの結果は、一位・ましろん、二位・私、三位・ちゃみちゃん、四位・光ちゃんとなった。
「第三競技、次が最後の競技になるね」
なんとか機嫌を直してくれたましろんが企画の進行を再開する。いよいよ最後か……。
「この時点で点数を一度確認しておくよ。僕と光ちゃんが10P、あわちゃんとちゃみちゃ

んが８Ｐとなっているね。まだ全員にチャンスがありそうだ」

総合優勝を阻止したい光ちゃんがトップタイにいるのは懸念《けねん》点だけど、次私が一位をとれば、光ちゃんが二位でも勝ちが確定する範囲だ。頑張るぞ！

「というわけで満を持して第三競技の発表だよ。……ん？」

そう意気込んでいたのだが、さっきまでの流れならまずましろんに競技が書かれた紙が運営さんから手渡されるはずが、なぜか変なモノがスタジオに運び込まれてきた。

なんだあれ？　まるで鉄パイプのような太さのゴツいチューブが幾つも組み合わせてあって……たとえるなら大リー〇ボール養成ギプスって某漫画であったけど、あれを全身用にしたみたいな……。

「「「？」」」

混乱の声が私達から上がるが、スタッフさんはその隙に、問答無用でその武骨なスーツのような謎の装置を、私達全員の体に装着した。

…………………え？

「あの……あ、はい」

ここまで来てようやくましろんに紙が渡され、読み上げるように催促された。

「えーっと……最後は皆で楽しくライブオン！　老人ビーチフラッグ！」

老人……ビーチフラッグ……？

私達の立ち位置から対称の位置にある壁際《かべぎわ》に、一本の小型の旗が立てられる。

「ルール説明。三期生の皆には今配信画面にも画像を出している老人体験スーツを着用してもらいました。その状態で約20ｍ先にあるフラッグの入手を競う、つまりビーチフラッグをしてもらいます。旗を手にした人が一位となり、以降の着順は旗に近かった順になります。老人スーツとは、体の動作を設定した年齢になるまで制限する、ご老人の苦労が分かるスーツです。尚《なお》……」

困惑しながらもルール説明を読み上げていたましろんだったが、突然顔色が真っ青になった。

「……設定年齢は１２０歳です」

「「「はい？？？」」」

全員が仲良く同タイミングで運営さんの方を向くと、そこには笑顔のスタッフさんが謎のボタンに指を添えながら、私達にしゃがむよう合図している。

色々と聞きたいことがあったが、ただならぬ危機感を覚えその指示に従った。

そしてその指が下ろされると――

「「「ウオァァァァァァァアアアアア⁉⁉⁉⁉」」」

突然今まで自由自在に動かせていた体に強烈な違和感が発生し、私達はその場で動けなくなった。

「か、体に力が入らないわ……」

まるで全身の筋肉がなくなり、骨だけになったような不安定感。ちゃみちゃんの言う通り、立ち上がろうとするだけで足がプルプルしてしまう。

背筋は真っすぐ伸びないいし、ほんの少し動こうとするだけでも体が重く、異様に疲れる。

な、なんだよこれ⁉

運営さんに問いただそうと再び顔を向けると、そこには混乱の私達をよそに、既に部屋を後にしようとしているスタッフさんの背中があった。

それを目にした瞬間——幸か不幸か混乱まみれの脳内に、一つのゾッとする予測が生まれた——

「ま、待ってください‼」

私は慌ててスタッフさん達を大声で制止した。

「ビーチフラッグって言ってましたけど、これ時間制限とかありますよね⁉　まさかこの状況で、誰かが旗を取るまで終わらないなんて言いませんよね⁉」

私の考えていることが伝わったのか、同じく目を見開いてスタッフさんに顔を向ける同期。

　そんな私達に対して、運営の方々は——

　まるで世界を救った後のような輝かんばかりの満足気な表情を浮かべて、スタジオから出て行ったのだった。

「おいぃぃいいい‼　待て！　待ちやがれこのアドベンチャー企業が‼‼」

「こ、このスーツすっごい！　光でも別人になったみたいに動けない！」

「……はいはい、僕も状況をのみ込めてきたよ。やけに普通の競技が続いていたのは、最後のこれに全投資していたからってことね」

「ここまで盛大なフラグだったのね……ビーチフラッグだけに」

　なんでこう毎度意味の分からないことで本気を出すの‼　やっぱりライブオンじゃねぇか‼

：待　っ　て　た

：草草草草

：こういうのがいい

：こういうの（舞うは嵐、奏《かな》でるは災禍の調べ）

：なるほど、閉所でできる限界強度に挑戦したのかｗ

：変な競技では済まなかったね……
：きつくないとは言ってなかったもんなぁｗ
：これを思いつくのもおかしいし実際に作ったのもおかしい
：どんな仕事してんねん！
：それでも、普通の競技があったのは三期生への信頼あってこそだったのかもしれないね
：バカなことを本気でやることに意味がある
：**ライブオンライバー養成ギプスで草　￥50000**

こうしてスタジオには、膝をガクガクさせることしか出来ない私達と、沸き立つ配信画面を映すＰＣ、そしてたった20ｍと近いはずなのに、遥《はる》か遠くに見える旗だけが残されたのだった――


競技開始から約十分が経過した――その間に私達は立ち上がるコツ、そして歩行するコツをある程度は掴《つか》むことが出来た。どうやらクリアは出来そうだ。

だが、流れる汗と切れる息を犠牲に、私達が得られた成果は――５ｍ程の前進であった。

もう体はクタクタで皆休憩に入っている、なのにたったの５ｍである。旗の場所までに

あと15mもの距離がある。

ご年配の方って歩くだけでこんなに重労働なんだね……そりゃあ横断歩道渡るのもゆっくりになっちゃうよ……。

でもさ！　流石《さすが》に120はやり過ぎなんじゃないかなぁ‼　私そんなお年の方リアルで見たことねぇよ！　今までピチピチだったのに急にこれは落差で簡単には動けないって！

「あわちゃん、僕疲れちゃったからさ、なんか面白い話とかない？」

「あー……私がブラック企業戦士だった時に、メンタルがバグり過ぎたのか、お尻の穴に卵入れてそれを産卵することで育休取ろうとした猛者《もさ》を見ましたね」

「え、大丈夫？　お尻痛くなかった？」

「本当に仕事辞められてよかったわね……」

「あの……誰も私とは言ってないんですが……」

体はそんな状態でも、喉だけは自由に動く。

先の見えない心身の疲弊からか、微《かす》かな自由を求めて脈絡不明の謎会話まで始まってしまった。

そんな時だった――

「ふぅぅ……ッ！　ワッショイ‼　ワァァァッショイ‼　一気に行くぞぉ‼」

「「「⁉」」」

私達と同じく休憩していたはずの光《ひかり》ちゃんが、急にトップスピードで歩行を再開し始めたのだ。

「は、速い‼ 分速3mはありそうです⁉」

「信じられないスピードだわ⁉」

「ま、まさか……休憩の意味が違った……？」

「ましろちゃん？ 意味が違うってどういうことなの？」

「僕達にとって今の休憩は目先の数mを歩く為《ため》のものだったでしょ。でも光ちゃんは違う、光ちゃんはゴールまでの距離を全て歩き切る為の休憩をしていたってことだよ」

「な、なんですって⁉ 残り15mも歩かないといけないんですよ⁉」

：なんですってって言いたいのはこっちだよ

：あまりにも儚《はかな》い会話に涙が止まらない

：若いって素晴らしいことなんだな……

：確かに信じられないスピードだ！（勘違いモノ主人公）

：これからは120越えのご老人には優しくしようと思いました

：もう少し範囲広げろ

「くっ、光ちゃんの優勝だけは阻止しなければ！　私も行くぞぉ！」

休憩を慌てて打ち切り、私も全速力で歩行を再開するのだが――

ぜんっぜん追い付けねぇええええ――‼‼

なんで分速３ｍなんて速さで動けるの⁉　おかしいだろ⁉

背中は遠くなっていくのに体力的には負けている。私は早々に限界がきてしまい、その場にうつ伏せで倒れこんでしまった。というか、そもそも運動神経で負けている光ちゃんに同じ技で勝負しようとする方が間違っていたんだ……。

それでも光ちゃんに優勝を渡したくない想《おも》いを糧《かて》に、その背中を這《は》いつくばってでも追いかけようとする。

その時だった――私に舞い降りたのだ――妙策が。

でも……本当か？　本当にやるのか私？

……いや、やらなければ。私は勝たなければいけないんだ。

覚悟を決める。

フゥウウウ――――――征《ゆ》くぞ。

「ええ⁉⁉」

「あ、あわちゃん⁉」

光ちゃんと同じ、いや、それすら超える速さで動き出した私に、後方に残された2人が驚きの声を上げる。

先へ、先へ、光ちゃんの背中、それすら越えた先にある旗を目指して進み続ける。

「あわちゃんが——」

なぜそんなことが可能なのか？　答えは単純、歩いていないからだ。

この状況下で私を動かしているもの——それは全身だ。

このような制限がかかっている場合、そもそも立ち上がって歩こうとすることが最適とは限らない！

「あわちゃんが——」

這いつくばって前進するだけでは届かない。私はうつ伏せのまま、腰を重心に体を上下に素早く揺らし、その反動で前に進むことでゴールを目指しているのだ！

既に光ちゃんの背中を捉えようとするその姿に迷いはない。

老人とは思えない——なんと獰猛《どうもう》で、そして官能的な姿だろうか——

そう、まるでその姿は、情熱を振りまき観衆を沸かせる手練《てだ》れのベリーダンサーのよ

「あわちゃんが床オナしてる!!」

「床オナ言うな——!!」

うおお
おおお、
おおおおおおおお

私は思わず体を止めて叫んでいた。

せっかく自分を騙《だま》していたのにぃぃ！

「なんで最悪な言い方するんですか‼ もっと言い方あったでしょ⁉」

「いやだって、その体勢で腰へこへこしてたら完全に床オナじゃん。匍匐《ほふく》前進って言うには手足が動いてないし。ねぇちゃみちゃん？」

「私は何も見ていないわ」

「おいぃ！ 目を逸らすな！ 変質者じゃねぇんだぞ！」

くそう！ くそう！ 恥ずかしい！ 恥ずかし過ぎる‼

でも勝たないと光ちゃんがもっと恥ずかしい姿を世間に晒《さら》すことになってしまう、これも同期を守る為！

うおおおおおおおおおおおぉぉぉぉぉ――――――‼‼‼‼（へこへこへこへこ）

「まぁ実際めちゃ速いね。ほら、床オナ走法でもうすぐ光ちゃんに追いつきそうだよ」

「私は何も見ていないわ」

：床オナ走法wwwwww
：なんてかっこいい床オナなんだ⁉

：120のご老人が高速床オナで前進してると思うと大草原

：床オナ爆走老人とかいう化け物生まれたな
：ライブオンの清楚《せいそ》は床オナするのかー
：ビーチフラッグがビッチフラッグになっちまったなぁ!!

「!? 追いつかれた!?」

よっしゃあ！　旗まで残り5mくらいでとうとう光ちゃんに追いついたぞ！

あと少し、あと少し耐えろおおおおぉぉぉ!!!!

「こうなったら光も、その床オナってやつやっちゃうぞ！」

「いやあああああああああああああ!?!?!?!?」

振り向くな！　前だけ見ろ私いいいいいぃぃぃ!!!!

「これもう本末転倒なんじゃないかしら……」

「あっ、床オナはあわちゃんの方が速いんだね」

「ほあああああぁぁぁぁ!!!!!!!!」

後方からの声をかき消す為に叫び、ただ前だけを見て進む。今の私に後ろという概念は消えた。

そしてとうとう旗まで残り1m――0・5m――0・1m――

「んじゃ僕はこの辺でよっと」

「あっ⁉」

旗を手にしたのは――

「とったどおおおおおぉぉぉおおお‼‼‼‼」

この私だ。


「ふぃぃぃ……」

「淡雪《あわゆき》ちゃんすっごい！　流石光のご主人様！」

「ましろちゃん！　あれは卑怯《ひきょう》よ！」

「卑怯なんかじゃない、頭脳の勝利さ」

着順が決定した後、運営さんにスーツを外してもらい、自由になった体をいっぱいに動かす。

結局私は光ちゃんに勝利、ましろんとちゃみちゃんは私が旗を取る寸前まで両者歩行状態で拮抗《きっこう》していたが、そこでましろんが前に滑り込むように倒れることでちゃみちゃんを出し抜き、勝利となった。

ビーチフラッグの順位は、一位・私、二位・光ちゃん、三位・ましろん、四位・ちゃみちゃんとなった。

これにて全ての競技が終了となる。

「さて、それじゃあ総合順位を発表するよ」

ましろんの声に皆の注目があつまる。

「まず四位は――8P獲得のちゃみちゃん！」

「はーい……途中いけるかもって思ったんだけどなぁ……」

最下位でへこむちゃみちゃんだったが、運動が苦手ながらも頑張っていたのは事実だ。

私達から拍手が送られる。

「次に三位は――13P獲得の僕だね。リンボーダンスはアレだったけど、最下位じゃなかったからおっけ」

ましろんはらしい勝負を出来ていた感じだろう。その冷静さと乳に拍手。

「次に二位は――15P獲得の光ちゃん！　惜しかった！」

「くぅぅ、悔しいけど……楽しかったからオッケー！」

清々《すがすが》しい表情だ。やっぱ光ちゃんは笑顔が似合う子だね！　ドMなんかじゃなくてね！

拍手！

「そして総合優勝は――――18P獲得のあわちゃん！」

最後に私の名前が呼ばれた時、皆から一際《ひときわ》大きな拍手が送られた。

：８８８８８８８!!

：フリフリフリ！　プシュウウウウウゥゥゥゥ!!

：まさか本当に勝つとは

：頑張ったもんな……

：**賞金　¥５００００**

「それじゃああわちゃん、願いをどうぞ」

「へ？」

「へ？　じゃないよ。優勝者には同期になんでも言うこと聞かせる権利を与えるって言ったでしょ？」

「あ、ああ！　そうでしたね！」

正直、光ちゃんに勝つことが目標だったから忘れてたな……。

え、どうしよ……。

…………………あ、あったわ、大事なやつが。

「コホン、それじゃあ――」

私は咳《せき》ばらいをして目を閉じ、表情を引き締めると……数秒後、一転して縋《すが》るような表情でこうお願いした。

「床オナの件、忘れてください……」

何かを得る為《ため》には、何かを捨てる必要がある、そのことを痛感した一日だった……。

第四章

匡・チュリリ―現在のライバー2

三期生対抗体力バトルの後日のこと――

「匡《ただす》ちゃんいなくなっちゃやだあああああああぁぁぁぁぁ――‼‼」

通話先にて号泣する祭屋光《まつりやひかり》に、宮内匡《みやうち》は顔を引きつらせていた。

「お、落ち着いて光ちゃん！　匡ちゃんもまだやめるとは言ってないから！」

「出だしからこれか……えっと、とりあえず事情は分かったよ。あっ、別に気を遣ったりしなくていいからね、リラックスして話そう」

「あ、あぁ、ありがとう………」

今回人生相談の相手に匡が選んだのは、三期生の祭屋光、柳瀬《やながせ》ちゃみ、彩《いろどり》ましろの3人だ。

「びえええええええぇぇぇぇ――‼‼」

前回は確かな正解が欲しいと思った匡。だがこの有様《ありさま》では、ましろなしではまともな話し合いにすらならなかったかもしれない。

光はなぜまだ交流の薄い、しかも箱のアンチである匡の離脱を号泣までして悲しがっているのか？　匡は訝《いぶか》しんだが、光だしまぁそういうこともありえるかという結論で納得した。

本当に人間は同じ種とは思えない程個々でバラバラだと、改めて匡は確信した。だが、こんな自分にも心から泣いてくれる存在がいることを、同時に嬉《うれ》しく感じている匡もいた。

その後、ましろが慣れた対応で光の涙を鎮《しず》め、すぐに場の混乱は収まった。

「えっと、そうだな……じゃあまずは僕が話すから、ちゃみちゃんと光ちゃんはその時間を使って自分の意見を纏《まと》めなさい。いい？」

「「はい」」

「オーケー。こほんっ。それじゃあ匡ちゃん。僕から言いたいことは……責任について、だよ」

「責任？」

ましろは頷《うなず》くと、ライバー仲間ではなく１人の大人として言葉を続けた。

「匡ちゃんは今社会に出たばっかりでしょ？　本当にありがちな意見ではあるけどね、社会に出るとさ、何事にも責任を負わないといけなくなるんだよ。実際これは間違いないと思う。昔の僕はそれが分かってなくてね、あわちゃんに大迷惑を掛けそうになった」

ましろは、まだデビューして間もない頃、配信で暴走したことがあり、淡雪が止めてくれたおかげで助かりはしたが、それを今でも戒めにしていた。

「社会に出るとさ、学生生活とは比べ物にならないくらい世の中は広くて、そして乾いていることに驚かされる」

「責任の話は宮内もよく聞くが……乾いているとは？」

「うん。空気がさ、なんだかカラッカラなんだよ。学生時代がオアシス暮らしなら、社会人は地平線までだだっ広く続く荒野に投げ出されるようなもの。そこでは責任が発生する。道を間違えば荒野を無駄に歩いた疲労が全て自分にくるし、僕みたいに不注意で自分だけじゃなく仲間にまで迷惑掛けそうになるのなんてゾッとするよね。オアシスでは言われた通りに動けば道に迷うことはないし、誰かを巻き込んじゃってもしっかり説明すればその人は許させることが多いけど、荒野ではそんなのあってないようなものに成り下がる」

「…………」

匡は思わず顔をしかめてしまう。

匡は昔から、こういった類の話を苦手としていた。なぜかは分からないが、聞くたびに胸騒ぎがした。別に反論をしたいわけではないし、皆言うのならそれが正しいのだろうとも思っている。だが、どうしてか毎度素直に認めることも、そして聞き流すことも出来ないのだ。

しかし今回話してくれているのは、こんな自分の為にアドバイスしてくれている先輩だ。続く言葉がどれだけ胸騒ぎを引き起こすものだとしても、耐えてみせる。

匡はそう意気込み、心身を備えたのだが――

「それがさ、最低な時もあるけど、最高な時もあるんだよね」

「え？」

待っていたのは意外な言葉だった。

「確かに責任はうんざりする時もあるけどさ、自分で全部選べるってことは、なんか一発デカイの当てた時、その成果はちゃんと自分に返ってくるってことでもあるでしょ？　うまくやればがっぽがぽだよね」

「な、なんかギャンブルみたいな話になっているのである!?」

「あはは、まぁ大なり小なりそんなものじゃない？　社会人生活なんて。色々あったけど、僕は勝ったと思ってる。だってこの道を選ばないと、こんな愉快すぎる仲間に囲まれて、絵を描くことも出来てるなんて未来そうそうなかったと思うから。ここで重要なのが、これはオアシスでは手に入れることが出来ないものだったってこと」

「うん。自分が決めた道の先にしか、自分が本当に望むものってないからね」

「…………………」

その言葉は刃物のようにぐさりと、匡の根底に突き刺さった。

「つまり僕が言いたいのは、匡ちゃんはその悩みを持つ以上、絶対に責任から逃れることは出来ないってこと。でもそれは悪いことばかりじゃなくて、捉え方次第。注意さえ忘れずに挑めば、昔の僕みたいにピンチになることも減って、欲しいものへ向かう正しい道も歩けるよ。……僕からは以上！　２人はどう？」

頃合いを見てましろが話を同期に振ると、半泣き程度に落ち着いていた光が話し始めた。

「ぐすっ、んーとね、あんまりこういうの得意じゃないから、うまく伝わるか分からないけど……どれだけ思いつめちゃった時もね、自分を想《おも》ってくれる人のことを考えてみてほしいな。悩んだ時ってそれを解決する為に……んーなんて言えばいいかな……周りに自分の何かをあげて認めてもらおうってならない？」

「あげて？」

「あ！　別に物体じゃなくてもいいんだよ！　頑張りでも、時間でも、なんでも！」

「……なんとなくは分かった」

要は、「自分を対価に捧《ささ》げることで居場所を手に入れようとするよね」と言いたいのだと匡は理解した。光と会話レベルが似ているダガーとの普段の会話からの賜物《たまもの》である。

「おおナイスゥ！　それでねそれでね、それ自体は悪いことじゃないんだけど、自分１人があげられる物以上の何かを、誰かから貰《もら》っているものだから……あー……んーと……そう！　光が今好きな曲の中に、『なくしたものばっか見るより、誰かがくれたものも見ない？』って意味の歌詞があるんだけど、つまりはそういうことだよ！」

「ふむ……」

匡は光の言った自分のことを想ってくれる人を思い浮かべた。思い浮かんだ人達は、そう思いたい人のような気もした。

ただ、それと同時に、関連して匡には自分が迷惑を掛けたくない人の姿も浮かんでいた。

そして自分がそう思ったということは、そう思いたくなる何かをその人達が自分に与えてくれ、想ってくれていたということじゃないかと匡は思い至った。

光が不器用ながら届けた言葉の意味は、匡にしっかりと届いていた。

「な、なんか頭がグルグルしてきた……ちゃみちゃん！　後は任せた！」

「えぇぇ⁉　ま、まだ完全には纏まってないのにぃ⁉　あの、そのぉ……」

「大丈夫だ、ゆっくりでいい」

「そ、そう？」

「悩み聴く側が気遣われてどうするの……」

ましろがどんよりとした声でツッコミを入れたが、少なくともこの時点で、匡は冷静な思考をほぼ取り戻していた。

「……うん、それじゃあ失礼するわね。私はね、ライブオンに所属してきて、私にとってライブオンは今から言うような場所だからこういう言葉が出てくるのかもしれないけど……匡ちゃんには自分が輝ける場所を探してほしいわ。そしてね――配信で自分の好きなことを話している時の匡ちゃんは、私からはすごく楽しそうで、輝いて見えた。私からはそれだけ」

「――そうか――ありがとう」

話し合いが終わる。

切れた通話画面を前に、匡は目を閉じた。

連鎖の如《ごと》く誰かの行動が誰かに影響を与え続ける群像劇のように、匡の脳内のシナプスが複雑に絡《から》まり合う。

絡まりながらも前に進み続けたその先に——匡が望んでいた答えが確かにあった。

完全な冷静さが匡に戻る。

同時にあの胸騒ぎさえもなくなった。

いや、目を背けていただけで、きっと匡は気付いていたのだ。

人の『素』から逃げ続けるその胸騒ぎの正体——自分自身の『素』の姿に——

更にその裏側では、以前と同じくチュリリがライバーに通話を用いて相談を持ち掛けていた。

今回チュリリがコンタクトをとったのは四期生の有素《ありす》とエーライ。

チュリリが概要を説明すると、エーライはしばらく黙りこみ、有素は難儀そうに唸《うな》った。

「うむむむ……申し訳ない、この問題は私で力になれるか怪しいのであります……」

「そう……いえ、急に押しかけたこちらが悪いんだから、気にしないでいいわ」

「ううむ……あっ！　話を私と淡雪《あわゆき》殿に入れ替えて考えたら、何か浮かぶ気がするかもしれないであります！」

「！　先生が有素さん、匡《ただす》さんが淡雪さんになるってことね！　それでそれで、そういう時、貴方《あなた》ならどうするの？」

「…………………」

「…………………」

「……やっぱりダメかもしれないのであります」

「……調べてみましたが分かりませんでした系アフィリエイトサイトを見た気分よ……」

「だって結局のところ、仮定した事態にもしなったとしても、きっと私は淡雪殿の意見を尊重するだけなのであります」

「本当に？　もし淡雪さんがやめるって結論に至ったら、一緒にライバー活動出来なくなっちゃうのよ？」

「淡雪殿が明らかに混乱した状態であれば、一旦止めて話を聞くとは思いますが……淡雪殿が理路整然と考えた結果であれば、残念に思いながらも尊重するのであります」

「理由を聞いてもいい？」

「理由、うーん……何と言いますか…………とめどないくらいお慕いしている人なんです。だから、仕方ないのであります。あはは」

困ったように笑いながらそう言った有素に、チュリリはこれ以上何も問うことが出来なかった。

「うん、こっちも纏《まと》まったのですよ～！」

無音の時間が流れそうになった時、丁度いいタイミングでエーライが話を切り出した。

「先生、ライブオンにおいて四期生ってどういう立ち位置か知っています？」

「た、立ち位置？　ぇ、何かしら……ゴシップと事実の区別がつかない人の脳内くらい分からないわ」

「正解は、あんまり揃わないですよ～」

「ぁ～……」

知識が浅い上、まだライブオンに入って間もないチュリリでも、なんとなくエーライの言ったことを察する部分があった。

全員揃《そろ》ってのコラボが全くないわけではない。ただ、同期間での繋《つな》がりが強い二期生や三期生に比べると、明らかに印象が薄いのだ。

それぞれが他期生のライバーとの間に輝くコンビを持っているのも、それを助長している。

「匡ちゃん側に行ったから仕方がないとはいえ、事実今日も還殿《かえる》はいないでありますしな……」

「……仲悪いの？」

「そんなことないのであります！　この前だって「姐《あね》さん姐さん」とうざ絡みしてくる還ちゃんにエーライちゃんが「テメェの血を加湿器のシャブにするぞ」ってキレていたのを見たのであります！」

「有素ちゃん、チンコロは極刑なのですよ～」

「元気ね貴方達……」

「まだ若いですからな！」

「ふふふっ、でもね、いつか有名人に自分より年下の人が出てくるようになった辺りから、年をとったことを自覚して無邪気にはしゃげなくなるのよ？」

「あ、あれ？　もしかして地雷踏んだでありますか……？」

「もう！　園長の話をちゃんと聞くのですよ！」

緩んできた空気を再び引き締め、エーライは本題に戻る。

「いいですか？　先生に聞いてほしいのは、確かに私達は集まることは少ない。でも、私達は間違いなくライブオン四期生だということなのですよ～」

「……ん？」

「他期生との絡みが多くても、リスナーさんも私達を四期生として認識しているはず。そして、もし私達の内の誰かがやめたとしても、その人はやめてしまった四期生の人として世の中に残るでしょう」

「あの、何が言いたいのか分からないわ……」

「同期に依存し過ぎてはダメってこと、ですよ」

エーライは一際《ひときわ》落ち着いた声で、チュリリにそう告げた。

「…………依存なんてしていないわ」

「まぁそういうことにしてもいいので聞いてほしいのですよ。匡ちゃんがもしやめたとしても、五期生として繋いだ絆《きずな》は残り続けます。そしてそうなった後、先生には他の誰かとの繋がりも生まれていくでしょう。始まったものは、終わらせようとしない限り、何も終わらないのですよ。そしてその終わらせる時には、別の何かが始まっているものなんです」

「…………なんだか……寂しいことを言うのね……」

「そんなことないのですよ～！　私だって誰かにやめてほしいなんてことは一切思っていません！　ただ——依存ばかりの人生は脆《もろ》過ぎる、それだけですよ。ここにいる有素ちゃんだって、淡雪先輩のことがどれだけ大好きでも、淡雪先輩にただただ重荷になることはなく、そして他の人とのコミュニティも形成しているのです。先生？　先生は匡ちゃんやダガーちゃんと、一体どんな未来を望んでいるんですか？　そしてその為《ため》には、どのような関係になるべきだと思いますか？」

――――それから、チュリリは今一度1人で考えてみると言い、礼を言って通話を終了した。

一息ついた後、チュリリの脳内には、以前の匡とダガーとの出会いの時と同じように、過去の出来事が思い返された。

それは、生まれてから現在までの、自分を構成してきた出来事達。

思い返せば、チュリリには明確にあの出来事がきっかけで絶望した、といった事象はなかった。

ただ、年を重ねる程に少しずつ、確かなズレが生じていた。誰ともセクシャリティの話が合わないのだ。

セクシャリティとは、生物としての根底に根付く要素であり、その人間を構成するあらゆる要素の土台になっているものだ。

食事を想像すると分かりやすい。日本人にとってなら主食は米である。日本の料理のほとんどは米と共に食すことを前提に作られている。

たとえるならその中で、チュリリは米が食べられないようなものだった。それならパンを、芋を、トウモロコシを……どんな主食を並べてみても体が受け付けない。

そんな中でチュリリが唯一食べられたのは、他の人からは食べ物なのかすら分からない異形のモノだった。

チュリリは、自分がまるで地球に迷い込んだ宇宙人のように思えた。合わない、合わない、合わない……誰と話しても形が似ているだけで自分と同じ生物がいない……孤独、孤独、孤独……。

無理やり壊れた時を定義するのなら、新卒社会人の時、いつも優しい言葉をかけてくれた上司にいざ悩みを相談したら、冷たくあしらわれた。そんなありがちなことだったかもしれない。

ただ――その時生じた微妙なズレが――これまで同様の出来事の積み重ねで崖っぷちにまで追い込まれていたチュリリの心を、当たり前のように決壊させた。

チュリリは、人間という種に絶望したのだ。

「……そのはずの私が、なんでガキ1人の為なんかにこんなに悩んでいるのかしらね」

チュリリが苦笑する。

そのまま立ち上がり、窓際《まどぎわ》まで歩いて閉じていたカーテンを開けると、差し込んできた日の光に目が眩《くら》んだが、閉じることはしなかった。

「認めたくないけど」

慣れてきた目で外の景色を眺める。

「変人ばかりの狂った会社と、そこで出会ったバカなガキ2人が、私にとっては必要なものだった。そういうことなのでしょうね」

毎日のように見ている景色。なのに不思議とチュリリは、目に映るあらゆるものの明るさに驚いていた。

第五章

ラスボス討伐

最近、最強議論であったり体力バトルであったり、誰かと何かを競うことが多かった。

そのせいだろうか――ここに来て私の中に、一つの大きな野望が生まれていた。

そろそろライブオンのラスボス、晴先輩《はれる》に勝ちたい――

ドッキリの時はやはり勝ちとは言えなかった。なら今回のリベンジで明確に勝利の美酒に酔いしれようというわけだ。

というわけで果たし状を酔った勢いのまま晴先輩に送ると、快く受け入れてくれた。

「シュワッチ――覚悟は――出来ているんだろうね？」

「ぷひゃー！　ねぇねぇリスナーさんリスナーさん！　ほんとに果たし状おくっちった！　やべー！　あはははは！　未来の私がんばえー！」

「送り主に果たすつもりがない。この晴の目をもってしても読めなかった……」

こうして決まった世紀の対決だが、当然生身の格闘ではなく、VTuberらしくお題を使っての戦いだ。

何で勝敗を決めるか、なるべく公正を意識して話し合った結果、決まったのはこれだ。

『果物ゲーム』

最近になって大流行した落ちものパズルゲームで、籠の中に様々な果物が落ちてきて、同じ種類の果物を二つ組み合わせると次の段階の新たな果物が一つ誕生。この時ポイントが得られる。

果物は、チェリー、イチゴ、ブドウ、デコポン、カキ、リンゴ、ナシ、モモ、パイン、メロン、スイカの順で変化していき、順にサイズが大きくなる。落ちてくる果物に絞ればカキが最大だ。

これらを限られたスペースである籠の中でどんどん組み合わせていき、籠から溢《あふ》れた時点での累計ポイントを競うという、シンプルながら奥深い中毒性抜群の素晴らしいゲームだ。

ただし！　今回私達の勝負で競うのはポイントではない！　果物の中で最大であるスイカ、そのスイカの先はないが、じゃあそれを二つ組み合わせると……？　そう！　完全に消滅してしまうのだ！

今回競うのはこれ！　スイカ二つの合体を実現出来た速さ！　それをクリアと呼んで競うのだ！

スイカは籠の半分近くを覆う大きさを誇っている。籠の中のスペースが小さくなればなるほど、当然果物を組み合わせるのが難しくなり、籠からこぼれやすくなる。その中で二つもスイカを作るのは至難の業だ。

長丁場を覚悟する必要があるだろう……。

だが！　これは私にとって分が悪い勝負ではない！　なぜかと言うとこれはさっきも言った通り落ちものパズル！　つまり落ちてくる果物には運が大きく絡《から》む！　確かに純粋な頭脳が試されるパズルゲームで私が晴先輩に勝つのは厳しいだろう。しかし晴先輩は運に限ってはクソザコナメクジ！　運と根気なら負けているつもりはない！　この勝負、十分な勝算アリ！

という訳でエナジードリンク（ストロングアルコールシュワシュワレモン味）飲んで気合を入れまして！　配信で初回のプレイ行ってみましょー！

「動画とかで見る限りだと簡単そうなんだけど……あれー？　なんか合成の行き場を失った果物がめっちゃ溜《た》まってく……」

初回の結果は……口に出したくもない惨敗《ざんぱい》っぷりだった。スイカ二つなんて夢のまた夢で、一つも作れていない。

その時、別々でプレイしていたはずの晴先輩から着信が来た。どうしたんだろ？

「あ、もしもしシュワッチー？　初回でクリア出来ちゃった！」

「あーゲロゲロ。まじゲロ。やってらんねー。あーもう尺余ったしなんか踊るわ。パイパイパイパパイパイノパーイ。チンチンチンチンチチンノチーン。マ」

「ごめん、今の冗談」

「もう！　晴先輩ったらお茶目さんなんだからー♪　勝負はここからだぞー！　シュワちゃん負けないんだからー！」

「いや、さっきの全てを諦めた人にしか出来ない終焉《しゅうえん》の音頭《おんど》は……」

「は、れ、る、先輩？」

「心音《こころね》さんは裏表のない清楚《せいそ》な人です！」

：この人が例の床オナVTuberかー

：企画倒れ未遂でよかったね

：企画は倒れなかったけどタレントのキャラが完全倒壊してんのよ
：毎日が引退配信だと勘違いしてるんじゃねーのこの女
：投げやり具合が草過ぎる
：**音源化期待　￥200**
：一時間ループ動画絶対作られそう
：あわゆきは　ふしぎなおどりをおどった！　あわゆきのせいそが999さがった！
：ビビったけど一瞬ハレルンならありえると思ったから納得しかけた
：こんなことも言い合える仲になっててぇと思うはずなんだけど謎音頭が全てを打ち消してくる
：使用者の人生（ライフ）も減るしで実質神の宣告
：神「パイパイパイパパイパイノパーイ。チンチンチンチンチンチンノチーン。マ」
　勝敗は冗談ではあったが、初回で普通にスイカ一つは作れたようだったのは流石《さすが》だ。
互いに度々精神攻撃を交えながらの戦い。流石の晴先輩でも初日にクリアは無理だったようで、夜の闇も深くなった頃、晴先輩は配信を終了した（練習はありだが、クリアの有効性は配信中での実現に限る）。
　私も少し眠気があるので普段ならここで終わりにしていただろうが、ここでやめていては晴先輩に勝てる気がしない。根気で勝ちを摑《つか》みに行く。というかスト○○飲んでる時点でゲーム攻略での勝負は捨てている。

そこで！　実は今日、ゲストに来てもらっています！

「リスナーママの皆こんに乳首。ママに呼ばれたので来ました、おっぱい大好き還《かえる》です」

「はい！　還ちゃんに来てもらったどー！　いやぁ～こんな時間に来てもらっちゃって悪いね」

「いえ、ご心配なさらず。昼夜逆転していたので今日バッキバキです」

「昼夜逆転赤ちゃん……」

：あれ、ウチの子じゃん

：ほんとだ、ワイの子だ

：娘がお世話になります　￥10000

：コメント欄が親でいっぱいになるというホラー現象

：シュワちゃんは悟った。この女に安易に手を出すべきではなかったと

：赤ちゃんを深夜のゲームに付き合わせてるママも激ヤバなんだよなぁ

「てなわけで、還ちゃんには話し相手になってもらおうと思います！　これで耐久も楽勝ってわけよ！」

「ママに呼んでいただけるなんて光栄です。これからも度々お手伝いしますね。でもこれ、よかったんですか？」

「ん？　よかったって何がー？」

「これって対決なんですよね？　還が助《すけ》っ人《と》として参加してしまったら、公平な戦いにはならないのではないですか？」

「あーそれね、ダイジョブ！　晴先輩にも許可貰《もら》ってるから！」

「そうなんですか？　あ、あちらの方でも助っ人がいるとか？」

「いや、還ちゃんなら戦力になるはずないからいいでしょって言ったら即ＯＫ貰えた」

：草
：これは天才の発想
：我が子をよく理解していらっしゃる
「はいはい、またこういう扱いですか。ママが相手とはいえ、いよいよ還も出るとこ出ますよ」

「なぬ!?　ま、まさか、児童相談所にでも持ち掛けるつもりか!?」

「いえ、労基です」

「たとえ自称とはいえ、赤ちゃんの口から労基なんて単語聞きたくなかったど……」

まぁあんなことを言ったが、当然私にとって必要だと思ったから還ちゃんを呼んだのだ。話し相手がいる、それだけで人は助けられる。

ふははは！　晴先輩、貴方《あなた》は既に私の策にはまっていることを、負けたその時に知るがいい！

こうして始まった還ちゃんの協力を得ての果物ゲーム。

長い時間を共にしてきた私達の相性は抜群だ。テンポよく進むゲームに段々とプレイにも磨きがかかっていく。

だがそれでもスイカ二つへの道は険しく……。

「おいいいぃぃぃ⁉　今のおかしいだろ！　合体した時の膨張でチェリーが吹き飛んでったぞ！　あんな飛び方スト〇〇を277回振ってから開けた時の噴射でしかみたことねぇよ！　なぁ還ちゃん！　277回だったよな⁉」

「いや分からない分からない。多分今この瞬間ママは世界で最も独創的な考えを持った人間になっています」

「まぁこの私が天才なのは当然のことなんだがな」

「いよいよ調子乗って来ましたねこのママ。ゲームはうまくいってないみたいですけど」

「い、今のはスト〇〇芸をやりたかっただけだから！　わざとだから！」

「じゃあそのネタも誰も理解出来なかったので、以降は禁止でお願いします」

「ほう？　別にいいが……本当にいいんだな？」

「？　はい」

約十分後、同じくチェリーが吹き飛ばされゲームオーバーになる。

「おいいいぃぃぃ⁉　今のおかしいだろ！　あんな飛び方377回シコった時のシミ〇ンの絶頂でしかみたことねぇよ！」

「ごめんなさいママ。やっぱスト〇〇で大丈夫です」

「だから言っただろ？　ママの言うことは聞くべきだど？」

「このママの言うこと聞いて育ったら将来ライブオンしそう」

「音だけとるとなんかかっこいいじゃん！　しょうらいのゆめは、らいぶおんすることです！　こんな子供も出てくるかもしれない！」

「その日の内に親に警察凸ありそう。あと、純粋に気になったんですけど、ママってシミ〇ンのシコる回数による射精飛距離の計算をマスターしてるんですか？」

「いや、普通に適当言った」

「よかった、なんか安心しましたよ還は。じゃあさっきのスト〇〇の回数も適当ってことですよね、ふぅ」

「いや、それはガチ」

「…………あ、もちもち？　じどーそーだんじょのひとですか？　あの、ママがらいぶおんになっちゃって……」

「身バレするからやめなさい」

「そんなところはVTuberとしてちゃんとしてるのほんと不思議です」

：グラスフィールド

：話題が初手スト○○次点AV男優の女面白過ぎる

：愉快な親子関係ですね……

：そもそもこいつら親子じゃない気が……

：ちゃんと運命のくっそキモイ色の糸で繋《つな》がれた親子だから

：回数特定できるのやば過ぎるだろ

：**日常生活で動くもの見る度に「あ、スト○○を○回振った挙動だ」とか思ってんのかな**

この女　￥220

：わーライブオンかー！　世捨て人みたいな夢だねー！

：保育士ならもう少し言葉選べ

：選びに選んだ末がこれなんだよ！　まだかっこいいだろ世捨て人！

：シミ〇ンとスト〇〇の回数が違ってマジで安心した。もし回数が同じだったらシミ〇ンはスト〇〇になり、それを飲んでいるシュワちゃんは肉体関係があるってことになるから
：匡《ただす》ちゃんの同志の方かな？
：匡ちゃんかえってこーい！

もう一回最初から。何度でもリベンジしていく。


「このさ、果物同士がSEXして立派な子供が生まれていくのいいよね。ダーウィンの進化論を見ている気持ちになるど」

「本当にママはどんな目で物事を観察しているんですか？」

「その進化の果てが、お互い争いあって破片しか残らなくなるのとか、ある意味人類史の縮図だよね。私も今この日常という名の幸せを愛さないと。このゲームのメッセージ性に涙が止まらない」

「やばい、このママ本当に天才かもしれない。恐怖を感じます」

「還ちゃんも大人になれば分かるよ」

「私は一生子供でいい！」

「車輪〇国マジでいいよなぁ……」

「このセリフのあまりにも大きな共感から知りました」

「還ちゃんの場合ゲーム側は不本意だっただろうなぁ……」

：突然の達観怖いわ

：なっつ

：それっぽいこと言ってても発端がSEXみたいだなーって思ったってだけでもうお祭し

会話しながらも、当然ゲームは着々と進めている。

……………お？　今回は調子いいぞ？

「おお！　スイカ出来た！　やっぱ私天才じゃん！」

「おめでとうございます」

「おうおう！　もっと褒めろ！」

「やっぱりママは天才です」

「ふははは！　うんうん！」

「人間国宝にすることを国は考えるべきです」

「うんうんうんうんうんうんうんうんうん！」

「おっぱい吸わせてください」

「うん！　……って、え？　おいちょっと待て！　今なんつった⁉」

「ガタガタ……カチャ、キュイィィ……バタン、カチャ、スタスタスタスタスタスタ……」

「やばいこっち向かってる⁉　おい待て！　時間的に危ないから家にいなさい！」

「じゃあ後日お願いしますね」

「嫌だわ！　あんなの罠《わな》じゃん！」

「コラ‼　言ったことは守りなさい‼　それでも還のママですか‼」

「親を説教する赤ちゃんとか初めて見た……あーあー分かりましたよ、後日ね後日」

「え⁉　いいんですか⁉」

「10000日後ねー」

「……ママ、10000日後って遥《はる》か未来だと思って言ったんだと思いますが、今計算したら28年いかないくらいなので、普通に生きてるうちに来ますよ」

「…………え？」

「もう言質《げんち》とりましたからね。その時はお願いしますね」

「え⁉　えええ⁉　ええええええええええええええええ――――⁉⁉」

：やったぜ　￥50000
：またやらかしてて草
：1年って長いようで短くて短いようで長いものなんやで
：あの還ちゃんをボケ殺したかと思いきや、最後に鮮やか過ぎるカウンター

：これは言い逃れ出来ない！
：生きる希望
：楽しみだけど想像しようとしたら脳が止める不思議
：今やろう。28年後も今も大して変わらんだろ
：長寿キャラかな？
：28年あれば赤ちゃんがバブリエルになるぞ
：妾《わらわ》が間違っていたようだ
：草

「あー‼　また吹き飛んだー⁉⁉」

最後にとんでもないことが決定してしまったし、ゲームもクリア出来なかった……。

時間も時間だし、とりあえず今日はこの辺で終了して、これも後日に回すことにする。

あー……未来の私がんばえー……。


今日もポチポチと果物ゲームをプレイ。

段々とゲームにも慣れてきて、そこそこのスコアは安定して出るようになった。だが、

スイカ二つには届きそうで届かない。見た目はあと僅かに見えても、ここには絶対的な壁がある気がする。

それでも簡単には諦めない、ここは根気との勝負だ。粘り強くいこう。

還《かえる》ちゃんも応援に来てくれているわけだしね。

「還ちゃんさー、最近どうよ？」

「最近ですか？　あー……」

ゲーム画面に目立った動きがない時は、こういった雑談が増えてきた。

こうして駄弁《だべ》るのもそれはそれでいいものだ。

「いい感じですよ。リスナーママも順調に増えていますし、還も活動を楽しめています」

「おーそかそか。最近何やってたっけ？」

「直近だとダガーちゃんとゲームしましたね。新作のマ〇オです」

「ダガーちゃんかー。記憶はどう？」

「相変わらずですね」

「あははは、そっかそっか、相変わらずか」

……………ん？

今の会話、一見すると何気ないものだったけど、微妙に変だったような……。

……あ。

「ダガーちゃんって呼ぶようになったんだね。前はダガーママって呼んでたのに」

「…………成り行きです」

「もしかしてー……先輩としての自覚、生まれてきちゃった？」

「うるさいですねぇ。還は赤ちゃんですよ、そんな責任の伴う役なんて引き受けるはずありません」

「そう？　ねぇねぇリスナーさん、どんな感じだったのか教えて～」

「ちょ」

：ダガーちゃんがＰＯＮ過ぎるから自然とめっちゃ先輩してた

：先輩って言うかもうママみたいだった

：赤ちゃんママという新たな概念を生み出してファン増えてたよ

：バブみがある方がバブバブしてるのか……

：本当にいつの間にかちゃん付けになってたよね

：ずっと少し後ろから見守ってたの完全に子守だった

「らしいけど？」

「あの子がそそっかしいのが悪いんです。還がママに望むのは全てを受け入れてくれる包容力ですから、これはあくまでママになってもらう為《ため》の教育なんです。それだけですよはい」

「『あの子』ねぇ」

「あーまたそうやって揚げ足とる。もう還拗《す》ねましたから。何言われてもいやって言いますから」

「えーそんなこと言わないでよー」

「いや！」

「もっとお話ししよ？」

「いや！」

「アラサー女のイヤイヤ期きっついな……」

「いや！」

「おっぱい吸う？」

「Yeah!」

「グローバルな赤ちゃんだな……はいはい10000日後ね」

……普段赤ちゃんの人が唐突に見せる母性は卑怯《ひきょう》だろ

……「もう、しょうがない子ですねぇ」って微笑しながら言った時は正直グッと来た

：イヤイヤ期じゃなくて更年期障害でしょ
：ちょっとやり返してて草
：英語圏から見たらJapanese Babyは全肯定赤ちゃんに見えるのかな
：YeahYeah期
：愉快な赤ちゃんですこ
：ダガーちゃんはライブオン屈指の闇まで浄化したのか、もう聖女じゃん

「少なくともママの前では一生還は赤ちゃんですよ。そこはご安心ください」

「安心どころか不安で仕方ないんだが？　ほんとなんで私に母性なんて感じてんの……」

「自覚ないんですか？　現在ママは傍《はた》からみても恐らくライブオンで一番母性ありますよ」

「ないない」

「……まぁ無自覚の天然さは希少なものですからね。ママはそのままでいいですよ」

「あーはいはい、もうこの話はいいですー」

なんか私の方が変な流れに持ち込まれそうになったので、強引に話の流れを切る。

「同期の間とかはどうよ？　仲良くやれてる？」

「三期生の皆さん程のイチャイチャはないですが、うまくやれてますよ。この前とか姐《あね》さ

んと収録が一緒になったので食事に行きましたし」

「エーライちゃんかー。何食べた？」

「フグ刺しです」

「お、予想当たった」

「還がフグを食べたいと言ったら、ものすごく何か言いたそうな顔しながらも、御贔屓《ごひいき》のお店に連れて行ってくれました」

「いいねー。あ、エーライちゃんさ、あの子こそ母性あるんじゃね？」

「まぁヤンママもありっちゃありですね」

「しっかりしていればヤングだろうがヤンキーだろうがヤーさんだろうがね、アリだよね」

「でもなぜか還に厳しいんですよね」

「あはは、還ちゃんだから厳しいんでしょ」

：はいここまで園長としての話題０
：ほのぼの会話の裏に潜む狂気　￥２４４０
：姐さん呼びですぐ動物園の園長が出てくるのじわじわくる
：動物のどの字もない……

：フグがあっただろ
：刺された後なんよ
：当然のようにフグの店贔屓してるの草
：二十枚くらい一気にずざーって箸でとって食ってそう

「エーライちゃんはもう仕方ないでしょ。あの子おっとりした女性になりたかったとかって、配信とか前にオフでも私に言ったことあるけど、デビュー配信から割と暴れてたじゃん」

「考えてみてください。ただのおっとりした園長がライブオンに入れると思いますか？」

「それもそうか。でもあれだよね、そこらの人が解説をためらうようなことでも、動物を知ってもらう為なら躊躇《ちゅうちょ》なく言うのは尊敬出来るよね」

「動物が好きなのはすごく伝わりますよ。還だって動物なんですからもうちょっとかわいがってほしいものですけど」

「かわいがりしてほしいのか、今度エーライちゃんに私から伝えておくよ」

「その言い方は誤解を招きかねないので勘弁願いたいですね」

ふむふむ。同期の間も問題はなしと。

「先輩とはどうよ」

「ママをはじめとして、仲いい人多いですよ」

「年も近い人多いだろうし、話合うのかもね」

「年の話を出すのは失礼ですよ」

「赤ちゃんには年聞くだろ！　かえるちゃんはー、いくつになったのかなー？」

「えっとね、グーつくってー、おはしもたないほうから1ぽん2ほん3ぼん！」

「え？　ええっと………あっ！　二進数で表記して誤魔化そうとするな！」

「バーチャルの世界では常識です」

「VTuberらしさを最大限活用してすることがこれかよ。まぁいいや、じゃあ今回の企画にも関わってる晴《はれる》先輩とはどう？」

「晴先輩ですか？　まだ少し恐れ多い部分はありますが、フランクに接してくださるので、とてもよくしてくれていますよ」

「すっごく繊細なところまで気にかけてくれる人だからね。でも変なところで気にし過ぎて遠慮しちゃう人でもあるから、結構グイグイ行っちゃっていいよ」

「仲良しのママが言うんならそうなんでしょうね。次会った時は攻めてみます」

「おうおう！　一期生だろうがママにしちゃえ！」

：合格したのがよりにもよってライブオンの時点で園長も若干諦めてそう

：かわいいやかっこいいだけが動物の魅力じゃないのを知ってほしいとは言ってたな
：組長は幼児プレイはしてくれないけどチャ○ルド・プレイならしてくれるんじゃね？
：二進数よく分かったなwww
：解読。片手で握り拳を作り、左から三本指を立てると11100
：てことは還ちゃん右利《き》きか
：これは模範的V、間違いない
：2○歳ですか
：前もその年言ってたからそろそろ上がりそう
：永遠に上がらなそうでもある
：11100と書いて山谷還《やまたに》と読む
：ハレルンをママにするのか……全く想像つかない……
「……あれですね。ママはやっぱり母性がありますよ」
「はぁ、また言ってる……」
「だって——今もこうやって、自然に還の交友関係を気にしてくれてる」
「…………………」
「ね？」

「うるせ」

：は？　￥50000

：!?!?

：つ、ツンデレママ!!

：こんなのもうママママーマ・マーママじゃん

：これだからお前を推さずにはいられないんだよ!!

結局この日も、成長は実感しながらもクリアは出来ず。後日に持ち越しとなった。

今日も果物ゲームの続き。だが残念ながら還《かえる》ちゃんは忙しい為、応援はなし。

なので趣向を変えて、今回は対戦相手の晴先輩とタイミングが一致したので、通話を繋《つな》ぎながらちょっとしたコラボ配信とすることにした。

スト〇〇をゆったりと楽しみながらゲームと会話をつまみにしていく。

「晴先輩、そっちはどんなもんですか？」

「ブドウ狩りしてる」

「ブドウ狩り？　え、なんでそんなことしてるんです？」

「そんなのこっちが聞きたいわ！　なんか意味分からんくらいブドウ降ってくるから画面がブドウ園なんだよ！　もっと合成しやすい果物だったら別にいいのに！」

「あ～ブドウ厄介ですよね、形が特殊だから」

シンプルに丸い果物に比べるとブドウなどの変わった形の果物は扱いにくい。それをどううまく捌《さば》くかが結構重要なゲームだけど、いくら晴先輩でも物量で押されたら厳しいか。

うんうん、いい具合に運の悪さが作用しているな。このゲームを選んだのは間違いではなかったようだ！

「うーん……よし、ポン、ポンポンして、ポンってえええ⁉　いやいやなんでー⁉」

「どうしたんですか？　またブドウ？」

「あれ～？　いやね、果物毎《ごと》の物理演算が頭の計算と一致しないんだよー……予想と違う崩れ方するんだよねー……」

「……え、まさか落下とか崩れ方を、細かく計算しながらやってるんですか？」

「うん、考えれば挙動が割り出せるからさ。でもうまくいかないんだよな……やっぱゲームだから現実の果物とは全然違う動きするんだよ。それを分かってても、果物の見た目なせいで変な計算しちゃうのが難しすぎる……」

「わ、私だってこのゲーム見てダーウィンの進化論想像したし！」

「え⁉　なんの話⁉」

：ハレルンの画面もう別ゲーになってて草

：１人だけブドウゲームになってるのよ

：なのに欲しい時には絶対に来ないのマジ才能

：脳内で完璧に曲になってるのに知らない楽器しかないみたいな状態なのかな

：シュワちゃんの対抗心ちょっとかわいい

なんかよく分からないけど、予想外の点でも晴先輩にとってこのゲームは鬼門だったようだ。ラッキー。

これは運命の女神が私に勝てと言ってくれているに違いない！

「ご愁傷様ですねー先輩？」

「くぅぅ……シュワッチの方はどうなんだよ！」

「割と調子いいですよ。今日裏でプレイしている時に気付いたんですけど、私このゲーム得意みたいで。お、この微妙な隙間は……ブドウカモーン。ほい来た」

「はぁ⁉　なんでそっちが欲しい時には出るの⁉　こんなのおかしいだろ！」

「何もおかしくないですよ。これは必然です」

「んなわけあるかい！」

「はぁ……晴先輩、貴方《あなた》は大切なことを見落としている」

「なぬ⁉」

「ふっ、いいですか晴先輩？　私は今、ブドウが落ちてきたのではないんです。ブドウを落としたんです」

「ははは、なーにをバカなことを」

「バカなことじゃない、さっきも言った通りこれは必然。なぜなら――」

「…………ごくりっ」

「ブドウはかつて、スト○○の味になったことがあるからです！」

「ははは、なーにをバカなことを」

「バカなことじゃない、さっきも言った通りこれは必然。なぜなら――」

「…………ごくりっ」

「ブドウはかつて、スト○○の味になったことがあるからです！」

「ははは、なーにをバカなことを」

「バカなことじゃない、さっきも言った通りこれは必然。なぜなら――」

「…………ごくりっ」

「ブドウはかつて、スト○○の味になったことがあるからです！」

「ははは、なーにをバカなことを」

「え、これループしてね？　はっ⁉　もしかして私！　生命の書に名を連ねちゃった⁉」

「誰だよ落書きしたやつ」

なんだループじゃないのか。

　じゃあどうしてしまったんだろうこの先輩は？

「あの、会話が先に進まないんです。な、なんだってー⁉　みたいなリアクション早くしてくれません？」

「いやいや、無理に決まっておろう。スト○○の味になってるからなんなんよ」

「スト○○の味になったことがあるってことは、落下確率を操作出来るってことですよ。大体成功します。現役の味だったらもっと成功率高いかも」

「自分で自分の言ってることおかしいって思わない？」

「⁇　晴先輩の方こそ大丈夫ですか？　まぁいいや、実際に見せた方が早いですね。ブドウカモン！　ほら来た。ブドウカモン！　また来た」

「⁇⁇（　◡　）⁇⁇」

「あっ、晴先輩のところにブドウが山盛りなのも、私の晴先輩のクリアを止めたい念から発生した妨害なのかもしれないですね」

「???（◉ ∝ ◉）???」

：え？　え？

：これマ？

：普通にやば過ぎて驚くことすらできない

：ハレルン人生で一番の謎に直面してそう

：おもしれー女（震え声）

：VTuberってこんなことできんの？

：運だよな？　運が奇跡的なレベルでいいだけだよな？

：こっちはこっちでスト○○ゲームになってるのなんなの？

「なんだこれ？　もしかして私の方がおかしいのか？　実はそういうゲームで頑張れば私も出来るのか？　ふん！　カキカモン！　……チェリーだ」

「デコポンカモン！　あーダメかー」

「お‼　なーんだやっぱり出来ないんじゃん！　さっきのも奇跡的に一致しただけか！　いやぁ～びびったぁ～本気でビビった！　運の力とはいえ私をここまで驚かせるとは、流石《さすが》だよシュワッチ」

「いや、スト○○のデコポン味は出たことないんですよ。でもオレンジ味ならあるので、近縁種ってことで成功率は半々くらいなんです」

「あははー！　なんだーそういうことかーってなるかあああぁぁー!!!!　絶対おかしいだろ！　チート！　こんなのチートだぁ！　ズルしてるーーー！」

「これがもしチートならブドウ山盛りのそっちもチートしてることになりますよ……。先輩なら駄々こねない！　スト○○を愛さない方が悪いんですよー」

「ムキー！　見下しやがってー！ー　いくらそっちが超能力を使えようが絶対に負けないからなー！　計算、極限まで集中して計算しろ、もうこのゲームの挙動は覚えたはず、リアルに引っ張られるな、果物の形をした別物だと思え…………ここだ！　よしよしよしよし！　計算通りの崩れ方！　完璧！」

「あの、私から見たらそれも立派なチートなんですが……」

：ライブオンは異能バトルモノなのが証明されてしまった

：見ごたえあって草

：これがライブオンSランク帯の戦いか……

：JU*P の新連載決まったな

：なか○しに DEATH N*TE が連載されるようなもんだぞ

：友情努力勝利狂気混沌《こんとん》

：全部満たしてるからいけるな

：余計なもんまで満たすな

こうして熱い戦いを繰り広げた私達だったが、結局今日もお互いクリアは達成ならず。

だが、段々と決着の気配が漂ってきていることを、私達も感じ取っていた――

「いいか還ちゃん、今日で決めるぞ」

「はい」

私の決意に、隣の還ちゃんが頷《うなず》いてくれる。

そう、隣だ。一度くらいは直接会いたいよねということで、今日は私の家に還ちゃんが来てくれてのオフコラボとなった。

決着の時は近い。今日で決めなければ私がやられる、そんな予感がする。

今日の私は気合の入り方が違うぞ――

いざ、ゲームスタート！

「実はママに差し入れを持ってきました」

「お、マジー？」

「こちら幼児プレイセットです」

「差し入れるな抜き出せ」

やけに大荷物だったからなんだと思ったらそういうことかよ。

「還《かえる》ちゃん。さっき私今日で決めるって言ったよね？　還ちゃんもはいって言ったよね？」

「はい」

「じゃあなんでゲームの邪魔にしかならないもの持ってきてるのかな？」

「ママをキメる為です」

「帰りなさい」

「じゃあこのスト〇〇缶にレモンの種を入れて作った、ママ用ガラガラもいりませんか？」

「なんだちゃんとした差し入れもあるんじゃん！　おーすっげぇ！　めっちゃギラギラした音鳴る！　ありがてぇー！」

：出オチ
：還ちゃんのオフは特に破壊力凄《すご》そう
：ちゃんとした……？

「ママがガラガラに気を取られているその隙に懐《ふところ》に潜り込めば！　桃源郷の完成！」

「あ、こら抱き着くな！」

「ママはそのままガラガラを振って楽しんでいてください！　それだけで還は気持ちよくなれるんです！」

「それは赤ちゃんを楽しませる為《ため》にママがガラガラ振ってるんじゃなくて、ママがガラガラを振って楽しむ姿を赤ちゃんが見ているだけだぞ！」

「もう還はそれでもいい！」

私に縋《すが》りついてくる、顔も体も成熟している、明らかに私より年上の女性。

この人が私をママって呼んでくるんだからなんだかな……せめて自称赤ちゃんヤバ女じゃなければ、今日までこんな複雑な心境にならなかったかもしれないのに……。

「せっかく会ったんですし、このままおっぱい吸う約束もやっちゃいましょう！」

「嫌に決まってんだろ！　あれは10000日後！」

「還暦間近のBBAに乳吸われるのよりアラサー女に乳吸われる方がまだいいでしょう！」

「――――一理あるな」

「では失礼します」

「いややっぱダメ！　なんか大切なモノを失う気がする！　絶対に私嫌な顔しちゃうから！」

「嫌パイも還いけます！」

「なんだそれ？」

「嫌な顔されながらオッパイ吸わせてほしいの略です」

「――一理あるな」

「じゃあいいですね？」

「でも私も吸われる方より吸いたい！」

「自分の片方空くんだからそれ吸えばいいでしょう！」

「なんで嫌な顔しながら自分の乳首吸わないといけないんだよ！」

：還ちゃんウッキウキじゃん
：久々のオフコラボで楽しそう
：シュワちゃんが性欲に負けそうになるせいでヤラせてくれそうでヤラせてくれないママになってる
：そんなママ嫌だ……

：嫌な顔しながら自分の乳首吸いたい

：ごめんなさいそれはちょっと理解できないです
：ライブオンは初見です、何この2人の関係……

：別箱ってお堅いのね、ライブオンじゃ全然アリよ
：ライブオンが摑《つか》めないレベルで柔らかすぎるだけです
「全く、応援しに来てくれたんじゃないんかいな！」

「還が来てくれただけでバフかかってますよ」

「天才言ってた私が言えることじゃないかもだけど、段々と自尊心がすごくなってるなこの子……」

「ママのおかげで毎日が楽しいです」

「はいはいさいですか」

ドタバタしてばかりもいられないので、ゲームを続けていく。ちなみに本当にお菓子の差し入れは持ってきてくれていた、ありがてぇ！

だがそれからも、還ちゃんは色々なサポートという名のちょっかいをしかけてきた。

真剣勝負中とは思えないドタバタ模様だが、これがあるおかげで相変わらずスイカ二つには届きそうで届かない中、ゲームへのモチベーションを持ち続けられている気もする。

やはり持久戦にはこのくらいがちょうどいいのだろう。開戦当初の思惑通りだ。

やがて時間的に耐久と呼べる範囲に入っても、構わずゲームを続ける。２人ならそれも苦にならなかった。

そして──降り注ぐ果物達の中に偶然紛れ込むように、その時はやってきた──

「還ちゃん──これいけるんじゃね？」

「スイカ一つに消化不良になってしまった果物はほぼなし。今までで最良の状況ですね」

「ちょい集中するわ」

「はい」

私がそう言うと、すっと絡《から》んでくるのをやめる還ちゃん。その見極めは、彼女がライブオンに入り、人とのコミュニケーションをとるようになったことによる成長だったのかもしれない。

凡ミスへの細心の注意を払い、じっくりと果物を合成していく。

：あるぞこれ

：ブドウピンポイントで落としてくるのほんとすごい

：頑張れー！

：うまい

：いきなりスト○○落ちてこない限りいけそう

リンゴ二つがナシに、ナシ二つがモモに、モモ二つがパインに、パイン二つがメロンに、そして――

「いっけえええええぇぇぇ――‼‼」

メロン二つが合成され、それが事前に作ってあったスイカと接触した時、画面には今までの窮屈さが嘘《うそ》のような開放感が広がっていた。

つまり――

晴《はれる》先輩からのクリアの報告はまだなし。

「よっしゃあああああぁぁ私の勝ちいいいぃぃぃぃ――‼‼　還ちゃん分かってるな⁉　私から行くぞ‼」

「はい‼」

裏で耐久配信していた晴先輩に早急に電話を掛ける。

繋《つな》がったらやることは一つ！

「うぇーい晴先輩見てる〜？　ww」

「今日は晴先輩に〜重大発表がありまーす！　www」

「晴先輩が必死に作ろうとしていたスイカ二つぅ！　w」

「なんとぉ！　w」

「『こっちが先に作っちゃいました――!! wwww』」

：**こいつら www　￥10000**

：計画してたな？

：**恐れ多いとはなんだったのか　￥5000**

：**素直に祝福出来ないんだわ www　￥220**

：じゃあなんすか、晴先輩は完全敗北したってことっすか

：あっちももうちょっとだったんだけどなー！

スピーカーから晴先輩の言葉にならない絶叫が聞こえてくる。愉悦なり。

「ふぃ～勝った勝ったー！　あの晴先輩に勝ったとか一生自慢出来るでしょ！　めっちゃ快感だわ！」

「これも還という子供がいたからですね」

「またそんなこと言って…………いや、まぁそっか」

「え？　ママ？」

いつもなら否定するなり適当にボケて流すなりする流れだったが、今回の私は違っていた。

「一緒に活動してきてさ、意味不明な関係性ながらも交流を深めて、なんだかんだこれ結

構気に入っててさ。この前のシオンママの時なんかもオチに使わせてもらったりしたし、今回も正直還ちゃんがいてくれなかったら負けてた可能性が十分あったと思うんだよ。だからさ、なんつーかー、あー……もう完全に認めてもいいのかなって」

「完全に……認める……？」

「うん。還ちゃんが子供でよかったってこと」

照れくさくなりながらも、こんなこと今を逃すと次いつ言えるタイミングが来るか分からないので、はっきりと言葉にして伝える。

これを聞いた還ちゃんは、きっと調子に乗って、私に今までにないくらいのちょっかいを掛けてくるようになるだろうが、まぁそれくらいは今回協力してくれたお礼として受け入れようじゃないか。

まぁ甘えさせてやるかどうかは別だがな！　甘いだけが正しい親じゃないから！　少なくとも今乳は吸わせてやらん！

そんなことを考えていると、還ちゃんの頰に光るものが伝って落ちていった。

――へ？

「ぐすっ、ううう……」

――泣いてる……泣いてる⁉⁉

「ちょ、ちょっと還ちゃん⁉　ど、どどどうした⁉⁉」

あまりに突然の予想外な光景に、動転してしまう。

あたふたと戸惑う私に、還《かえる》ちゃんはこう言った。

「だって……それって、あの初めて会った日の別《わか》れ際《ぎわ》に言ったことを、還は果たせたってことですよね？」

「え？」

「還はママに娘が還でよかったと言われるような存在になってみせますって、あの日に」

あ、確かに事務所で倒れている還ちゃんを見つけた初対面のあの日……別れ際にそんなことを言われた気がする。

でも……あのぉ……それさ……結構昔の話だから……その……そのぉ！

「ごめん還ちゃん！　それ言われるまで忘れてた！　普通になんも考えずに言っちゃった！」

「ううううううう‼‼」

「ああぁー⁉　ごめんごめんごめん！　まじごめん！　こんなところまでダガーちゃんの師匠でごめん‼」

「いえ……ぐすん……それって、何も考えずに出た……つまり還を気遣ったわけじゃなく、本心から言ってくれた言葉ってことですよね……？」

「ほぇ？　あ、あぁうん、そうなるのかな？」

「びぇえええええええええええぇぇぇぇぇ――――!!!!!!」

「ちょちょちょちょちょ!?!?　え、どうする？　この状況どうすればいい!?　と、とりあえず泣《な》き止《や》んで貰《もら》わないとか!!　あ、そうださっきのガラガラ！　ほーら還ちゃーん？　ママでちゅよー！（ガラガラガラガラ）」

「うわああああああぁぁぁぁんん初めてママが赤ちゃんらしく扱ってくれたあああああぁぁぁぁ――――!!!!!!!!」

「いやああああああぁぁぁ――もう誰か助けてえええええええええぇぇぇぇぇ――――――!!!!!!!!」

：何やってんだこいつら……
：聞く限りめっちゃ大事なことなのに普通に忘れてて草
：あのコラボって相当前だから多少はね……
：四期生デビューしたばっかの頃の話か笑
：泣き止ませるどころか次々と還ちゃんの涙腺破壊してるのホントバカ
：**オメ？　￥30000**
：本当に今日でママキメることになるとは思わなんだ

：出産祝い　￥50000

：推し○子（ライブオン edition）

：君は完璧で究極の芸人！　￥10000

：これは切り抜かれますわ

：切り抜かれすぎて微塵《みじん》切り状態なんよこの人

：だからさっき煽《あお》りまくった後だから祝福しにくいんだって　￥22000

：ハレルンが尚更《なおさら》発狂してるんですが……

：とりあえず通話切ってやれｗ

：特性おやこあいかな？

：これもう実質セ○戦だろ

：てぇてぇ

：えっと、これはハッピーエンドでいいんだよね？

：ライブオンエンドでいいと思う

「ママ。きっと今日は、還の人生で最も幸せな日です」

「そ、そっか……えっと……よかったね？」

「はい」

私の予想に反し、その後はずっとエモーショナルな状態になってしまった還ちゃん。

こんな時に締まらない私でなんだか申し訳ないけど……勝負には勝てたし、何より、我が子が幸せそうなら、まぁこれでいっか。そう思ったのだった。

閑話　相馬有素のカステラ返答

「カステラ返答やっていくのであります！」

@今週の淡雪《あわゆき》飲酒音切り抜き集が完成しました
清楚《せいそ》な絶叫集と一緒に次の定例会で使ってください@

「申し訳ないのであります……それはもうこちらで作ってしまったのであります……」

：そんなことある？

：なんで変態の飲酒音と絶叫集を作ってるやつが同時に2人いるんだよ！

：両方淡雪に渡してどっちが私が作った切り抜きでしょうかってやろう

@シュワちゃんをスト○○でたとえると何味だと思う？@

「その時飲んだスト○○の味によって変わると睨《にら》んでいるのであります」

：それ食った時の味の話になってない？

：たとえるとって言ってるしこれそういう質問じゃないと思うな……

：カ○ビィみたいな？
：コピー能力使い説ある？
：まだ口蓋垂欲《ほっ》してるってことかな……
＠目の前に酔っている心音《こころね》淡雪がいたらどうしますか？＠
「酔っていない姿の方が珍しいのであります！」
：草
：さっきからカステラ返答じゃなくてカステラホームランダービーになってる……
：目の前言ってるし、オフで一緒に飲めばいいやん
「お、オフで飲むですと⁉　淡雪殿と⁉　え⁉　えええ⁉　そんなことしてしまっては罰が当たりませぬか⁉」
：当たったら神様にキレていいよ
：むしろシュワちゃんに罰が当たりそう
：それは罰が当たるじゃなく罪が裁かれるの方が正しいのでは？
：女同士。密室。スト○○。何も起きないはずがなく……
：事後じゃなくて事故なら起こるんじゃね？
「もし実現したら……あわわ、大変なのであります！」

@有素《ありす》ちゃんはシュワちゃんと関係ない配信はするの？
シュワちゃんについて語る配信とか監ｓ……同時視聴とかしかないなら怖すぎる@
「普通にするのであります！　ネットニュースで初めてあの伝説を起こした淡雪殿を知って以降、膨張し続けていた愛がデビューによって遂《つい》に爆発し、初期こそそればかりでしたが、最近は仲のいいライバーも増えて、淡雪殿は勿論《もちろん》ライブオンという箱も大好きなのであります！」
：実はめっちゃコミュ力成長してると思う
：**ええ子や　¥220**
：もうこの子先輩でもあるんだもんなー
：でも毎回ここぞとばかりに淡雪の宣伝入れるよね？
：ノルマだから
@配信外なにしてることが多い？（淡雪関連抜きで）@
「淡雪殿抜き……うーん……そうでありますな……うーん……」
：そこまで考えないとダメなんだ
：私生活が淡雪だからな
：十分今でも爆発してないっすか？

：そりゃカステラも淡雪だらけになるわな……

「あ！　両親と一緒に住んでいるので、そのお手伝いはよくしているのであります！」

：すっごい清楚系な回答来た

：落差がすごい

：次からは最初からそう言おうね！

＠有素ちゃんが子供の頃一番好きだった児童文学はなんですか？　やっぱり不思議の国のアリスですか？＠

「アリスも好きでしたが、宮沢賢治殿の作品を好んでいた覚えがあるのであります。特に銀河鉄道の夜！　あの世界観には魅せられたでありますなぁ」

：スト○○の国の淡雪？

：淡雪がヨントリーに入社した世界線のお話かな？

：おお！　宮沢賢治いいね！

：銀河鉄道の夜読んでた少女が、今では心音淡雪のケツを追いかけてるんだから人生分かんねぇよな　￥5000

：本当の幸せを見つけたんやなって　￥10000

：感性豊かなのは今も変わらず

＠押してダメなら引いてみろと言いますが、たまには淡雪殿の前で態度変えてみたら、推しが普段と違う自分のことを気になってしまう至極の状況出来ると思うんですが、是非実行してみません？＠

「一理ありますが、それは『男なら女性に魅力を感じたときはその場でシコるべき。真っすぐで正直な男が女は好きなんだよ』という淡雪殿の教えに反するのであります」

：カルト宗教もビックリな教え

：将来論争の火種になってそうな教えだな

：初出時から業火《ごうか》だわ

：君女じゃないの？

：前にシオンママがご乱心した時みたいないじらしさを見せれば、すぐあわちゃんも落ちると思うのだがな……

「あ、あれは私としては避けたい状態なのであります！」

「カステラ返答やっていくのですよ〜！」

＠組長先生へ
組長はメンバーがやらかした時どのような制裁を与えていますか？
やっぱり動物に食べさせたり小指切り落としたりホラゲをやらせたりスト○○に沈めたりですかね？＠

＠組長！　本日もお勤めご苦労様です！

最近事務所内外での抗争も盛んですが如何《いかが》しましょう!?

あっしとしましては一度小競《こぜ》り合《あ》いしてる連中集めて組長にビシッと活入れてもらいますんが一番じゃねぇかと思うんだスけど！＠

＠団長艦長駅長雷鳥アチョー↑　のうちどれで呼ばれたら嬉《うれ》しいですか？

なに？　園長呼びを延長してほしいって!?

しょうがないにゃ～

仰《おお》せのままに、My boss.＠

「カステラ返答終了するのですよ～！」

：!?

：待って返してない返してない！

：これじゃあ園長にカステラ投擲《とうてき》してるだけなんよ
：洒落《しゃれ》た贈《おく》り物《もん》やな　手榴弾《しゅりゅうだん》混じってそう（最期《さいご》のセリフ）

「じゃあ聞きますが、こんなのどう返せばいいのですよ!?　制裁なんてしないし抗争にも巻き込まれてないしbossになったつもりもないのですよ！」

：組長、まさか記憶がなくなったのですか!?

：おい！　誰かダガーちゃん呼んで来い！

：あの子はダメだ！　あー？　で浄化されて逆に記憶がなくなる！

：じゃあ一時的とはいえ記憶復旧させた淡雪呼んで来い！

：あいつはダメだ！　これ以上覚醒させたら組長超えて隠居になる！

：引退しとるやないかい

「もう……次行くのですよ～……」

@ちゃみちゃんとはどうなりましたか？@

「昨日は鳥さんのさえずりASMRが届いたのですよ～」

：ほえ～

：ちゃみちゃんそんなんも作れるのか

：**いいじゃん！　￥1000**

「ちなみに鳥さんの声は全てちゃみ先輩担当だったのですよ～」

：草

：なんで普通のASMR感覚で録音してんだよ

：園長は動物が好き→なら得意のASMRを動物の声で録音すればいいんだわ！

：これはちゃまちゃましてる

：そろそろ受け入れてあげたらー？

「うーん……まぁ最近面白く感じてはいるのですよ～。おバカなくらいが愛嬌《あいきょう》なのかもですよ～」

：おお！

：進歩してる！

：これはワンちゃんあるな（犬になるだけに）

＠[redacted]《園》長はどんな刺青を入れてますか？
また入れてみたい刺青はありますか？＠

「タトゥーですか～！」

：んん!?

：カステラの文面加工するのはだめですよ～？

：訂正www

：言い方も変えたりで涙ぐましい抵抗しててもうだめだった

：￥1000

「動物さんのワンポイントとかならと思いつつ、やっぱり私はなくていいのですよ～。園長の身ですから、事実として日本ではまだリスクがあるものを付けて、リスクがまだ分からない小さな子供がそれに影響を受けるのは避けたいのですよ～」

：えら！

：エーライエーライ！　￥8000

：あの……組長云々《うんぬん》は……

：てか子供の視聴者いるんすか？

：やめてさしあげろ

＠最近注目している動物はいますか？＠

「アカアシドゥクラングールさんの神秘的さは目を引くのですよ～。特に園長はあの愁《うれ》いを帯びた眼差《まなざ》しを向けられると、いつも息を呑《の》んでしまうのですよ～！」

：な、なんて？

：調べた、サルなのか

：すっごいカラフル

：色々な生物を合体させてみた系の神様みたい

：すご……なんだこれ……

：**やっぱ園長っすね！　￥3000**

＠組ち……園長！　こんばんは!!

以前、少し昔にそういう映画（極道系）にハマっていたとおっしゃっていましたが、そういう系のゲームとかもプレイしてらっしゃったんでしょうか？

また、そういうゲームを配信でやる予定はありますか？　ぜひ見てみたいです!!＠

「ありがちにはなってしまいますが、龍◯如くは園長の一般的視点から見ても大名作なのですよ～！　今後配信でやるかどうかは今のところ未定なのです、申し訳ないのですよ

～」

：一般的視点

：反一般社会的勢力視点ね、うんうん

：最近勢いあるよね

：英語圏のドシンプルなタイトルも好き（最近変わってたけど）

：ENTYO ￥9680

＠組長としてのかっこいい姿を見る前は、エーライ園長は動物に詳しいっていう印象以外あんまりで、初配信の時は同期の２人がヤバすぎて、園長の影が薄かったイメージだけど、組長としてのエーライちゃんを見てからだと、普段って言っていいか分からないけど、おっとりなところの魅力がより強調されて、とっても可愛《かわい》く見えて四期生の中で一番好きです！（オチとか特になくてすみません）＠

「嬉しすぎてオチにしちゃったのですよ～！　こういう方もいるんだって思うと救われるのですよ～！　これを送ってくれたリスナーさんはエーライ動物園にご招待なのですよ～！」

：ほっこり

：いいオチじゃないか！

：ご招待!?
：お気に入りリスナーとして檻《おり》の中にお迎えするんですね分かります
：客として招待なんて言ってないもんな
「ふふふ～♪」
：何も否定しない……だと……
：これは珍しい
：相当嬉しかったんだな……
：行けば一生帰ってこれなそう
：ヒエェ……

閑話　ダガーのカステラ返答

「カステラ返答やっていくぜ！」

@あなたのライブオンはどこから？（ベ〇ザブロックのCM風）

（訳：憧れでライブオン入りしたダガーちゃんがそもそもライブオンに出会ったきっかけをお聞かせ頂きたく）@

「きっかけって言っても、暇だからヨーチューブ見てた時に偶然知った以外、俺ないんだよな……あ、ごめん！　記憶喪失で街を彷徨《さまよ》ってる時に事務所を見つけて運命感じた！」

：ｗｗｗ

：しっかり回答しちゃってるのよ

：純粋な才能のみで勝ち上がったとも言えるからすごい！

：†ちゃんが「あ、ごめん」と言えばそれ以前は全て間違いになるんだよ！

：記憶喪失で街をｒｙって最初から言おうとしたけど発音をミスっただけかもしれないし

な！

＠チーズハンバーグは好きですか？

好きならチーズはインされてるか、オンされてるかどっちが好きですか？＠

「好き！　インもオンも両方食べたい！」

＠ハンバーグ以外で記憶喪失取り戻せちゃうくらい好きな食べ物ってありますか？＠

＠記憶、戻ってるよね？＠

「ハンバーグ以上に記憶に干渉出来るエリクサーを俺は知らない。だが俺は記憶喪失だ」

：**おお！　厨二《ちゅうに》守れた！　すごい！　￥2000**

：キーアイテムがハンバーグの時点でほのぼの系以外無理なんだよなぁ

：俺は記憶喪失だのパチモン感すごい

：チーズまで入れちまったら前世の記憶まで思い出しそう

：多分前世はごち○さとかの世界の住人

＠自分はｓａｘをやっているのですが吹いてていてしっくりくる曲がすくないです……かっこいいおすすめの曲を教えてください！＠

「ＳＥＸを吹く？　あー？」

：おいいいいいいい!?!?

：コラ――――!!!!
：この子の下ネタは本当に心臓に悪い……
：たまに飛び出るんだよなぁ笑
：sax！　サックス！
「あ、ほんとだ！　eじゃなくてaか！　……でもサックスってどんなんだっけか？　ちょっと師匠に聞くわ。出るかなー……あ、師匠？　SEXってどんなんだっけ？　あーーー！（パチパチパチパチ！）ごめんごめん冗談！　サックスの話！　うんうん、あー楽器か！　ふんふん、ふんふん、あーあの金ぴかの！　えっとさ、それじゃあそれのかっこいいオススメの曲ってある？　……おー！　サンキュー！　んじゃまたなー！　ラ○クのLORELEYだってよ！」
：いたずらしてて草
：一番仲がいい先輩なだけあるｗ
：慌てふためくあわちゃんの姿が浮かぶ浮かぶ
：ホルンと勘違いしてそう
：師匠の返答になってるのよ
：隠れた名曲じゃん

：いいところ突くね
：曲選に色々な気遣いが見える
：ダガーちゃんのキャラの為《ため》にちょっと厨二感のある曲選んだのかな
：ごめんね師匠、現在進行形でやらかし中です
＠普段のチュリ先どんな感じですか？＠
「配信時よりは棘《とげ》が抜けるぜ。あとこの前、俺がコンビニのカヌレにハマってるって言ってから、先生がコンビニ行った時は必ずと言っていいほど買ってきてくれる」
：なんか泣ける
：健気《けなげ》だ……
：孫の好物をいつまでも覚えてるおばあちゃんみたい
：やっぱかわいがってるんやなって
「ただ、最近あれやこれやとＳＥＸするんだーって元気過ぎてうるさい」
：ぁ……
：あれ本気なのか……
：今後が恐ろしい……
＠ダガーちゃん、何もみずに黒棺《くろひつぎ》を詠唱してください。

師匠もいるし、そろそろ出来るよね？＠

「いくぜ！　滲《にじ》み出す混濁の紋章、不遜なる狂気の器、湧き上がり・否定し・痺《しび》れ

……………あ――……踊り？　眠りを妨げる、だっけ？　あ――……あ！　飛行する鉄の王女！

絶えず自爆する泥の人形！　合体せよ！　反乱せよ！　地に満ち己の無力さを知れ！　破

〇の九十・黒棺！」

：逝《い》くぜ！

：逝ったぜ！

：割と頑張ってた方だとは思う（間違え方には目をつむって）

：踊って眠りを妨げるのはちょっと勘弁してほしい

：飛行する鉄の王女草過ぎる

：**テスト形式なら赤点は回避してる。60点くらい　￥6000**

：絶えず自爆する泥の人形（自己紹介）

：師匠もそこで自己紹介してなかったっけ？

：なんてもん合体させて反乱起こそうとしてんだ！

：飛行してるから地に満ちること出来ないんだよ！

：ちょっと間違え方にリアリティあって草

：ピンク色の棺出てきそう

：なんかライブオンの紹介文に思えてきた

：終盤の勢いだけは良かったからＯＫ！

第六章

ライブオン

「匡《ただす》さんを引き留めます」

久々にチュリリ先生から話がしたいと連絡が来て、電話を取ったら、開口一番そう言われた。

「今日、匡さんが大事な話があると言って晴《はれる》さんに会いに行きました。遅すぎたけどそれが決定打になって、私も決心がついた。帰ってきた時に説得します」

「…………はい」

ただただ真っすぐ耳に入ってくるその声に、私はただ頷《うなず》いた。

「分かったの。私、匡さんやダガーさんに幸せになってほしいんだわ。そして、そのことで私も救われたかったの。自分でも驚いているけれど、これも皮肉なのかしら……いや、せめて因果ってことにしたいわね。ふふっ」

「あははっ」

2人揃《そろ》って少し笑ってしまう。

だって——その発言は紛《まご》うことなく『先生』のものだったから。

「匡さんは私によく似ていて、ダガーさんは正反対みたいに違う。だからあの子達が楽しそうに笑うと、救われるの。あぁ、世の中にはこんな人達もいるんだって思えて——好きになれるから」

チュリリ先生は、少し言葉を止めた先で、こう言った。

「私、人に性愛は抱けないけど……人を好きになれないわけじゃなかった」

何年も体を縛り続けた枷《かせ》から解放されたような、そんな解放感が声から伝わってきた。

「ずっと同じだって思いたかった、私も人間だって思いたかった、宇宙人なんて言ったのも宇宙のどこかなら仲間がいるかもって縋《すが》りたかったからだったっ……ずっとこんな体に生まれた自分が大嫌いだった……」

それは後悔のようにも、懺悔《ざんげ》のようにも聞こえた。つまり、もう過ぎ去ったことになり、過去の自分になっていた。

「でも、彼女達に出会って……ライブオンのライバー達とも出会って……人間は私の想像以上に千差万別で、初めて私もその人間の中の1人なんだって思えたの。だから、引き留めます。これが匡さんの人生の正解だなんて身勝手なことは言いませんし、まだ上手《うま》くいくかすら分かりません。ですが、貴方《あなた》のような人達がいるライブオンは、私と似ている匡さんにとってもきっとよい場所であり、私もその1人で在りたいと思っています」

「はい」

「淡雪《あわゆき》さんにも救われました。本当に……ありがとうございました……」

「……はい」

通話状態ですら、深く頭を下げていることが伝わってくる。

私は、やっぱりただただ頷いた。

そして通話が切れた後で——あの人に連絡を入れたのだった。

その時、ライブオンの事務所では——

「や。来てもらっちゃって悪いね」

「いや、こちらこそお時間感謝する」

打ち合わせ用の一室を借りて、匡と晴は向かい合っていた。精神的に崩れた後に一度相談して以降、淡雪と同じくこちらも久々のことだった。

「それでそれで？　今日はどした？」

「宮内《みやうち》なりの答えが出たのでな、それを伝えに」

「……もう少し悩んでもいいんだよ？」

「いや、もう活動を止めてひと月《と》近い、これ以上ライブオンとリスナーさんには迷惑を掛けられない。それに——話さないといけないことがある」

「……そっか。よし！　ハレルンが聞いたろう！」

普段とは違う、どこか達観したような佇《たたず》まいの匡に、晴はそう言うしかなかった。

「話したいことは——宮内匡の素について、だ」

「——ＯＫ」

晴は頷く。それが重要な話であることは明らかだった。

ゆっくりと、同時に淡々と。まるで朗読でもするかのように、匡は喋《しゃべ》り始めた。

「私が宮内匡としてデビューした時、こう言ったことがある。『隠れたものを探求するのは好きだが、その答えを知りたいとは思わない』と。それはなぜか、自分でも今まで分からなかった。いや、分かろうとしなかった。それを今回の件で知ることが出来た。そこに答えがあった」

それは、自分を客観的に見て、向かい合った結果の表れだった。

その先にあったものは——

「だっていつも思ってしまうんだ。いざ隠されていた真相に辿《たど》り着《つ》いた時——」

チュリリが危ういと思い、そして自分と似ていると思った——

「あ、こんなものか、って」

素の宮内匡という存在だった。

「いつも何か違うんだ。私が望んでいたのはこんなんじゃない、もっと素敵な真相が私の脳内では想像出来ていたのに、現実はいつもどこか汚れている。そして気付くんだ、手に触れるモノ全てが嫌いになって、その度に同じく汚れていく自分に」

「…………」

「それでも、私はいい人でいたかった。そう在りたかった……。でも、それも段々と限界になった」

「…………」

「いつも世界は私を裏切る。正義面している人間はその実、錠んだ釘《くぎ》を無理やり引き抜き叩《たた》き折ることを楽しんでいるだけで、世界の神秘や奇跡も科学で暴かれれば身も蓋もない。そしてこんなことを考えてしまう私も……そんな思考に脳内が侵食されていった。もう限界だった。もう少しでも荒《すさ》んだら、私は悪い人になってしまう。どうすれば……私は解決策を思いついた。きっと世の中は真相を知らない方が幸せなことだらけなんだ、ならいっそのこと、私は現実なんていらない、想像だけでいい。そうすれば私はいい人になれるって」

誰よりも想像が好きだった少女が行きついた先は、あらゆる現実の否定だった。

それはある意味、想像の否定ですらあった。

これでは自分を騙《だま》し、いい人を演じると言っているだけ。なのにいい人になれるとは、なんたる矛盾だろうか。

それに気付いていながらも、晴は静かに話を聴き続けていた。

「想像好きから派生した性癖は都合のいい言い訳になった。隠されたものが好き。そういうことにして都合のいい綺麗《きれい》な解釈だけして、世界や他人や自分の本質から目を背け続けた。私は自分自身を洗脳する為《ため》、あえて校則の特に厳しいお嬢様学校に入学した。型にハマったいい人であることを強制する風潮が現代でも残っていたそこは、自分を騙すには最適な環境だった。私はいい人でいられる、そう思って安心した。やがて卒業が近づき、自己暗示も完成目前。あと少し、あと少しだったのに……このタイミングでアレがやってきた――」

淡々としていた口調が崩れていく。

匡は一度溜《た》めを作ると、思い切り吐き出すように短いその名を呼んだ。

「ライブオンが！」

真面目な話だったはずだが、その名を聞くだけで聞いた晴は勿論《もちろん》、言った匡ですら噴き出してしまった。

「くひひっ、そっかそっかこのタイミングか！」

「くふっ、当時は本当に悩まされたんだからな！」

「いい人で着飾って全身を覆い隠そうとしているところに、着飾るどころか常に全裸の集団が来たらそうなるわな！」

「初見の時は目を疑ったぞ‼ クリーン、つまり表面上だけでも型にハマっていさえすれば私は想像に逃げることが出来る。なのにこの者共ときたらその隙さえ見せないいだだ洩《も》れ具合！　許せない！　そう思ったんだ」

「――でも、その理由も表面だけだよね？」

「――――」

「その裏には、別の理由があるよね？」

晴は匡の話を黙って聞きながら、こちらから動くタイミングをずっと窺《うかが》っていた。

当然、それを間違える晴ではなかった。

「――はぁ。全てを見透かされている気分になるな。本当に恐ろしい人だ」

「おお！　シュワッチにボコられた自信が回復してゆく！」

「真面目な話だったはずなのに……全く、ライブオンは少し話題に出るだけでも会話がカオスの様相を呈する。私はなんでそんな場所に…………いや、そんな場所だからこそか。心底――ずるいと思ったんだ」

重たい荷物を下ろすように放った、匡自身ですら目を背け続けた結果忘れていた本音。ずるい――つまり嫉妬――それが、匡がライブオンのアンチとなった真の理由だった。

「こいつらはこれでもかという程素を吐き出して、しかも人気を集めている！　ずるい！　そう思ったんだ。そんなのお前が勝手にやってたことだろって話だよな。結局私は、全く満たされていなかった。だって孤独なんだ。潔癖なあまり、自分も他人も世界も、何も受け入れることが出来なかった。大体その素敵な真相ってなんなんだ？　理想の押し付けも甚だしい。本当に子供で……自分でも呆《あき》れる……」

「んー、それが自覚出来ないくらい追い詰められてたんならしょうがないんじゃない？」

「それも言い訳にしかならないがな。つまるところ、これが私という人間の素なんだ。先輩方から話を聞いて、ようやく自分を知ることが出来た。本当に――情けない程――弱い人間だ」

「なるほどねぇ。フェチだけの話じゃなかったってことか……」

自責するように嘆く匡《ただす》。

晴《はれる》は数秒目を閉じ考えを纏《まと》め、こう切り出した。

「やっぱ原石だね」

「な、なに？」

「初見の時から思ってたんだよ。会長は、今は纏わり付いちゃった不純物が邪魔してるけど、研磨されれば宝石になるって」

「話聞いていたのか？　私は宝石なんかじゃない……ただの弱者だ」

「いや、会長は強いよ。だってさ、強くないとそこまでしていい人でいようなんて思えないっしょ」

「…………………」

「君のそれは弱さじゃない、極度に想像力豊かで繊細なあまり、人より多くの悪を見てしまっても、善性に生きようとした強い信念だ。君は最後の希望を捨てなかった。確かに方法はもっといいのがあったかもしれない。でも、私はその心を尊いと思う」

「私は……ライブオンにいる資格があるのだろうか……」

「あるっしょ、だって受かってるし」

「ふふっ、そう言われてしまうとだな」

「いいところ突いて来たなーって思ったよ。まぁでも、この先で何をするかは、会長の自由かな」

「自由……」

「君はまだ若い、無限の道がある。私としてはこのままライブオンにいてほしいけど、自分をライブオンに相応《ふさわ》しくない、もしくは自分にライブオンが相応しくないと強く思ってるなら、それを否定しない。気付きを得た君は今、原石から宝石になろうとしている。それが輝く場はライブオン以外にもきっとあるよ」

「……………」

「でも、どうするにしろ、これだけは聞いてほしいかな」

「……なんだ？」

「すっごい極論さ、この世界の全ては悪なのかもしれない。私も、君も。でもさ、それ自体は誰も悪いことじゃないんだよ。私も、君も、ね」

……………。

流れる無言の時間が、両者言いたいことは言い終わり、最早《もはや》結論しか残っていないことを示していた。

匡はただ己と向き合う。晴はただ待つ。

いつまでも、いつまでも。

無限に思えた数分の後、匡は意を決して口を開いた。

「私は——」


「宮内は——ッ！」


「ん？」

事務所からの帰《かえ》り際《ぎわ》、匡はチュリリから連絡が入っていることに気付いた。

「話があるから家に来なさい、か」

これ以上特に用事があるわけでもなかったので、言われた通りチュリリの家へと向かう。

「お、来たな！」

「ん？　ダガーちゃん？」

「いいからこっち来て！」

家に着き、インターホンを鳴らすと、出てきたのはダガーだった。

早く早くと手を引かれて家の中に入っていく。

リビングでは、チュリリが緊張した様子で立っていた。

「言われた通り来たぞー」

「え、ええ、いらっしゃい」

「んん？」

どこからしくない態度のチュリリ。

ダガーがチュリリの横腹をつつきながら、「ほら、言えって！　そっちがあんだけ言いたいって言うから譲ったんだろ！」「わ、分かってるわよ！」と、そんな会話を小声でしているのが聞こえてくる。

怪訝《けげん》そうな顔をする匡に気付くと、チュリリは覚悟を決めたように一つ咳《せき》ばらいをして――匡の目をしっかりと見据えてこう言った。

「匡さん。ライブオンに残りなさい。もしさっき辞めると言ってきたのなら、今すぐ訂正の連絡を入れなさい」

「――――――」

「正しくなくてもいいじゃない！　矛盾しててもいいじゃない！　私をはじめとする貴方《あなた》

いつかまた悩むことがあっても私達が支える！　だから貴方は堂々とここにいればいいの‼」

先程晴に言われたこととは違うことを言われている。やはり人はバラバラだと匡は思う。

ただ、以前はそのことにネガティブな感情を覚えた匡だったが、今は違ってこんな考えが浮かんでいた。

ライブオンに入り、匡は今まで避けてきた、色々な人間の素を見てきた。

昔はそれを見たくないと思った。中途半端《ちゅうとはんぱ》にチラ見えした人の本音は汚く見えて、いつも自分の想像が勝っていたから。

だが、ライブオンのライバー達の素は、自分の想像に劣るものだっただろうか？

それは、頭のおかしいやら、品のないやら、勝ち負けを付けることすらバカバカしくなる尺度のものかもしれない。

でもそれは、確かにその現実は、匡の想像を超えていたのではないか？

彼女達が善人なのかと聞かれれば、それは分からない。

誰かにとっての善意は、誰かにとっての悪意だから。

かつて想像した素敵な真相は、この世には存在すらしていないのかもしれない。

人間が皆分かり合うことは、出来ないのかもしれない。

それでも――人間はそれだけが全てじゃない。

世界は汚れで塗りつぶされてはいない。

なぜなら――

混沌《こんとん》とした素を隠そうともしない彼女達と過ごしてきた日々は、確かに楽しく――

普段は隠していた想像を大っぴらに喋《しゃべ》る日々は、開放感に満ちており――

今心に吹き荒れる感情は、誰に何と言われようが、美しいものなのだから――

自らを知った今でもはっきりと言える。ライブオンの彼女達と過ごした時間に生まれた感情、喜び、怒り、悲しみ、楽しみ、そして善意は、間違いなく匡自身の本意であったと。

「配信するか」

「「え？」」

「ライブオンに残れと言うのであろう？　なら配信しなければな。ほら、早く準備するぞ」

匡はそう言って準備を急《せ》かし、急遽《きゅうきょ》3人でゲリラ配信の枠を立てる。

配信が開始された。開口一番、誰よりも早く、匡はこう挨拶した。

「ごきげんよう皆の者。ライブオン、ライブオン五期生、宮内《みやうち》匡である」

想像にも現実にも馴染《なじ》めなかった少女は、バーチャルの世界に居場所を見た。

ROL
配信開始▶
録画開始●
モニターモード

燃えるような夕日を背に、スマホの画面を眺めている。

「あわっち！　なーにかっこつけちゃってーんの！」

背後から声が聞こえてきたので振り向くと、晴先輩が立っていた。

ここはライブオンの事務所の屋上。チュリリ先生との会話の後、私は晴先輩に連絡を取っていた。

「相談があるんだってー？　なになに？　今日は頼られてばっかでどんどん自信が回復していくなー！」

「匡ちゃんですか？」

「そそそ。……ねぇあわっち、聞きたいんだけどさ。こういう結末になること、分かってたんじゃない？」

「…………相談はそれについてですよ」

「やっぱか」

相変わらず鋭い晴先輩に苦笑いしてしまったが、話が早いのはありがたい。

私はここの所、悩みとまではいかなくても、どうにも気になってしまっていることがあった。

「今回の件、昔の自分なら、進んで介入していったんじゃないかって思うんです。なのにこんな、暗躍するみたいなことしてて」

「うん」

「おっしゃる通り、こう収まることがなんとなく分かっていたんです。実際その通りになった。そんな自分が……なんだか不安になってしまって」

「不安ねぇ」

「きっと、一度充実を手にしてしまったから、恐れているんです。自分の将来の姿に。晴先輩のようになれるんだったらいいんですが、もしかしたら……私はこのまま枯れていくんじゃないのかなとか思ったりして」

「あはははははははっ！」

私が意を決して心情を打ち明けると、晴先輩はそれはそれは大笑いした。

「ちょ、ちょっと！　笑うことないじゃないですか‼」

「ご、ごめんごめん！　いやー、本当に忘れてるんだって思ってさ」

「はい？」

「いいかいあわっち。君の根の底にあるものは今より果てしなく大きな野望なんだよ！

それも私なんて優に超えるくらいの！　だからそんなこと心配する必要はない！」

「ど、どういうことです？」

「うーん……おもしろそうだから秘密！　でもこのハレルンが保証しよう！　だから大丈夫なのだ！」

「えぇぇ……」

なんだか無茶苦茶なことを言われているような気がするけど……本当に安心感があるのがこの人のすごいところだよな。

「今回の件も、あわっちが成長しただけだよ。だって問題が起こった時、大事なのは当人でしょ？　それを最低限の介入で支えてあげるってことは、当人の自発的な成長をサポートしてるってことだからさ。あわっちと私が、チュリ先には前向きに！　会長には残れ！って命令するだけじゃ、こうは纏《まと》まらなかったでしょ？」

「そう……なんですかね……」

「そうなんですよ！　よくやったよ君は！」

強く断言し、頭を優しく撫《な》でてくれる晴《はれる》先輩。

なんかさっきぼかされた部分があったけど、追及しても教えてくれないだろうし、まぁこの安心感に免じて今回は納得しよう。

「そういえばさ、スマホで何見てたの？」

「五期生の配信です」

「あー、ゲリラでやってたね！」

「匡《ただす》ちゃんが休んでいた経緯とか、色々リスナーさんにも説明しているみたいです。裏の話が知られて興味深いですよ」

晴先輩にも見えるように画面を向ける。

「エモエモじゃん！」

「エモエモ……なだけならよかったんですけどね……」

音声に耳を傾けると、アンチではなく、聞こえてきたのは――

『宮内はこれからライブオンの一員として、皆の者に想像の魅力を伝えていくことを決心した。まずライブオンだが、ここはエデンだ』

『あー？』

『先生ね、ようやく自分を認めることが出来たの。だからね、これからはモノカプ妄想だけじゃなくて、全世界のモノとSEXすることを目指そうと思うわ』

『あ――？』

ふうー………。

「いやおかしいでしょ。匡ちゃんはまだ正統進化って感じだから分かりますけど、先生はどう考えてもおかしいでしょ。なんでただでさえライブオン屈指のヤベーやつが、突然変異してとんでもなくヤベーやつになってんだよ！」

「でもチュリ先のサポートしてたのあわっちだよね？」

「ここまで突き抜けるのは読めなかったんです――‼　違うんだ――――‼　私は悪くな――――い‼」

いつの時代も、社会では普通が求められる。

昨今は個性の尊重なんて意見も出てきたけど、それは限られた個性を新たな時代の普通と定義しているだけなんじゃないかな。ある個性が普通になった時、弾《はじ》き出《だ》されるようにある普通が個性になり、否定されているんじゃないかなって……そう思ってしまう時がある。

だって、今も皆、窮屈そう。

きっと、社会と人間は矛盾している。

でも、それを否定するつもりはない。たとえ社会が自らを抑えつけるものであっても、受け入れてその一部となることで孤独を避け、生き残ろうとする、人の強さだから。

ただ、自分を押し殺すことが苦痛な人は、やっぱり沢山いて――

おバカでカオスでクレイジーで、人によってはささやかな程度かもしれないけど、個性を肯定してあげられる。それがライブオンという場所なのだと思います。

礼儀を通し、部屋を後にしていく人の背中を、３人の人間が眺めていた。

「今の方、私は面白いと思ったな。鈴木《すずき》はどう思った？」

「そうですね、特異な点は持っているかと」

「社長は？」

「うーん……ちょっと悩むかな」

ここ最近、ライブオンでは軌道に乗った会社を更に広げる為《ため》、新期生の募集を行っていた。現在この事務所の一室では、その応募者の面接が行われている。

「なぁ、晴はどう思う？」

社長が、プライバシー対策の為に別室で面接を聞いていた朝霧《あさぎり》晴に、先程の候補者について意見を求める。

『私も社長と同じかな。どちらかと言えば難しいと思う』

穏やかだった面接の後、ライブオン関係者のみになったそこには、ひりついた空気が漂い始める。新期生の加入とは、会社を担《にな》っていく存在を選ぶと共に、その人の将来を預かることでもある。ここまで重大な仕事ともなれば、いつもは本気でありながらも緊張感を感じさせない社風のライブオンも、真剣そのものだ。

「了解。後で精査する時詳細に詰めよう。よし！　次はどなたかな」

逸材と思《おぼ》しき驚きを見せてくれる候補者も現れ、順調に進んでいるように思えたこの日の面接。

だが、まだライブオンは知らなかった。

「応募書はこれか、えっと……」

今までの逸材を悉《ことごと》く凡人に見せ、将来ライブオンにて絶大な影響力を持つことになる本物の逸材が、この後訪れることを——

「田中雪《たなかゆき》さん、か」

ライブオン三期生面接。それは、心音《こころね》淡雪《あわゆき》の始まりの記憶。

あとがき

『ぶいでん』の9巻を手に取っていただきありがとうございます。作者の七斗七《ななとなな》です。

この9巻は、匡《ただす》&チュリリと現在のライバー達を照らし合わせることで、事件の解決とライバー達の成長を表現することを目指しています。

また最終回みたいなことしてる……と思われてしまうかもしれませんが、今回ばかりはあながち外れてもいません。ぶいでんは、次巻で本編完結の予定となっています。五期生の構想が固まった辺りで、終わりは決めていました。

とはいえ、アニメやコミカライズなどのメディアミックスは、むしろこれからが本番です。あくまで本編が終わるだけなので、いつものテンションで楽しんでいただけると幸いです。

他の点ですと、お気づきになった方もいるかもしれませんが、三期生対抗体力バトルの回で、ライバー達に3Dのアバターがあることになっています。

これは、3Dお披露目回をやりたいやりたいと思っていながらも、淡雪《あわゆき》が3D化するとなれば他のライバーもやりたいし、でもそれは尺が……などと色々考えている内に話の進展的に限界になり、いつの間にか実装されていたことにした、という経緯です。実は今までも、原作内で明確に2Dや3Dを区別したことは滅多になかったと思うので、過去のどの配信が2Dでどの配信が3Dかは、皆さんの想像に委ねられればなと……相変わらずの計画性のなさですみません……。

次に宣伝になります。この本が出た頃には、アニメの放送、コミカライズの単行本、ぶいでん公式YouTubeチャンネルの『ライブオン公式動画&切り抜きCh.』など、様々な企画が動いていると思います。こちらも応援よろしくお願いします！

さて、今回は7、8巻のあとがきのような生意気なことを書くのはやめようと思います。あれは執筆のリアルを書かねばと思い書きましたが、今回は本編完結も近いということで、率直に感謝を書きたいです。

制作に協力してくださる皆様、そして応援してくださる皆様、いつも本当にありがとうございます。続けていられるのは、支えてくださる皆様のおかげです。

10巻でまたお会いしましょう。

富士見ファンタジア文庫

VTuber《ブイチューバー》なんだが配信《はいしん》切《き》り忘《わす》れたら
伝説《でんせつ》になってた９

令和６年７月20日　初版発行

著者――七斗《ななと》 七《なな》

発行者――山下直久

発　行――株式会社KADOKAWA
〒102-8177
東京都千代田区富士見2-13-3
0570-002-301（ナビダイヤル）

印刷所――株式会社暁印刷

製本所――本間製本株式会社

ISBN978-4-04-075529-8 C0193 ◇◇◇

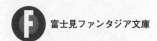

素直になれない私たちは、
"ふたりきり"を
お金で買う。

気まぐれ**女子高生**の
ちょっと**危ない**
ガールミーツガール。
シリーズ**好評発売中**。

STORY

週に一回五千円――それが、
彼女と交わした秘密の約束。
友情でも、恋でもない。
ただ、お金の代わりに命令を聞く。
そんな不思議な関係は、
積み重ねるごとに形を変え始め……。

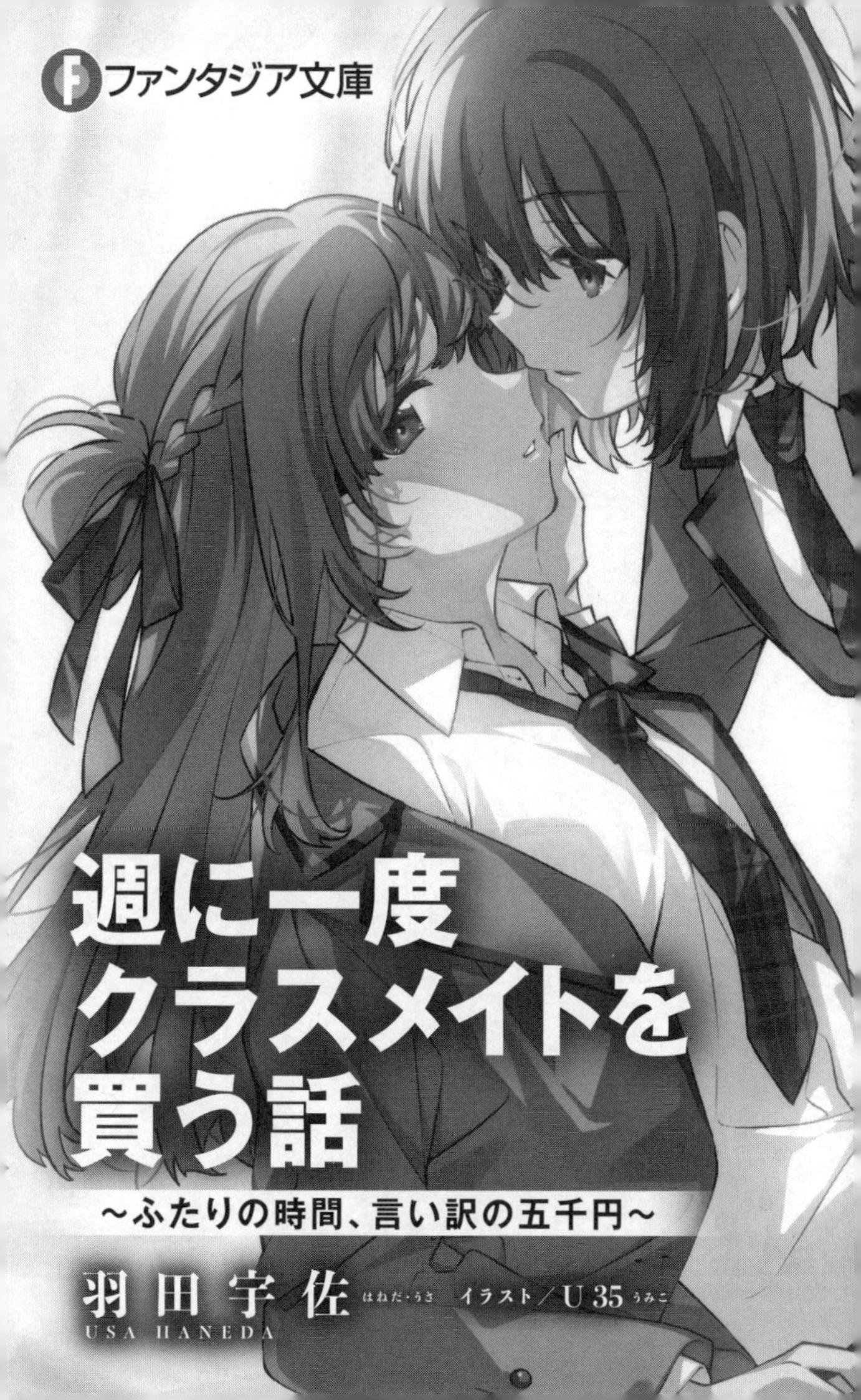
ファンタジア文庫
週に一度
クラスメイトを
買う話
〜ふたりの時間、言い訳の五千円〜
羽田宇佐《はねだ・うさ》
USA HANEDA
イラスト／U35《うみこ》

騙しあい。

各国がスパイによる戦争を繰り広げる世界。任務成功率100%、しかし性格に難ありの凄腕スパイ・クラウスは、死亡率九割を超える任務に、何故か未熟な7人の少女たちを招集するのだが――。

シリーズ
好評発売中!

ファンタジア文庫

世界最強の
“不可能任務”に挑む少女たちの
痛快スパイファンタジー！
スパイ教室
竹町
illustration
トマリ

これは世界を救う

久遠崎彩禍。三〇〇時間に一度、滅亡の危機を迎える世界を救い続けてきた最強の魔女。そして――玖珂無色に身体と力を引き継ぎ、死んでしまった初恋の少女。

無色は彩禍として誰にもバレないよう学園に通うことになるのだが……油断すると男性に戻ってしまうため、女性からのキスが必要不可欠で!?

シン世代ボーイ・ミーツ・ガール!

王様のプロポーズ 1

King Propose

橘公司
Koushi Tachibana

[イラスト]――つなこ

最強の初恋
シリーズ
好評発売中！
ファンタジア文庫

切り拓け！キミだけの王道
ファンタジア大賞
原稿募集中！
賞金
《大賞》300万円
《金賞》50万円
《銀賞》30万円
選考委員
細音啓「キミと僕の最後の戦場、あるいは世界が始まる聖戦」
橘公司「デート・ア・ライブ」
羊太郎「ロクでなし魔術講師と禁忌教典《アカシックレコード》」
ファンタジア文庫編集長
前期締切 8月末日
後期締切 2月末日
公式サイトはこちら！ https://www.fantasiataisho.com/
イラスト／つなこ、猫鍋蒼、三嶋くろね